翼想本

翼想本

誘捕!
不聽話的寵物男孩
3
小杏桃
繪/MAE

目錄

第一章　天大的事，等場下來再說。

午休時間的操場上，學生們三五成群進行各種運動，籃球場上紀安辛和俞皓正在場上輪流傳球。

「……這樣很無聊欸。」往返傳了幾次，紀安辛就不耐地抗議。

「沒辦法啊，我腳還沒完全好，是你硬要來球場的。不然定點投籃嗎？比比看三分？」俞皓也覺得很無聊，打了個呵欠出主意。

「來！」紀安辛興致勃勃地點頭。帥氣地抄起球轉過身，咻一聲俐落出手進袋，得意地用眼神對俞皓挑釁。

「換我。」俞皓揮揮手要對方去撿球回來，接過球後，毫不猶豫地出手，也同樣準確落網。

「滿有兩下子的啊。」紀安辛快步撿回球之後換個位置再次投射，很可惜這次落空。

「你換位置就不行啦？」俞皓對紀安辛露出挑釁的笑容，走到紀安辛剛失敗的位置上出手射籃，球帥氣地落入網中。

「哇，你只是運氣好。」紀安辛血性上湧，啪嗒啪嗒拖著腳步撿回球，再次挑戰失敗位置，這次成功了。

兩人就這樣一來一往地在三分線上的各個位置挑戰射籃，俞皓很明顯地占了上風。

「欸，等等！」紀安辛氣喘吁吁地彎腰抗議，「都是我在撿球，這樣我很吃虧啦！」

「我是傷患啊～」俞皓看紀安辛停下動作，自己拿起球往上拋玩著。

「我也是傷患啊！你這個沒良心的傢伙！」紀安辛邊喘氣邊怒吼。

「哎唷，是你硬把我拖出來的耶。」俞皓抓抓頭，一臉為難，「你要躲江書恆也別扯我下水啊。時燁現在狀況不好，我不想離開他太遠。」

「我見到他就難受，偏偏他管我更多了！每天都逼我念書，怎麼不去管自己女朋友……」紀安辛翻了個白眼抱怨。

他以為那天雖然出現了各種意外，模糊焦點，但他跟江書恆之間隔著的那條鴻溝應該算填滿了吧。誰知道對方像沒事人似的。態度沒有絲毫的改變或尷尬，反而管他管得更多。上學、下課、放學，甚至是回家後總是接到對方的電話、簡訊，關心他的學業進度，費心幫他整理歷年考古猜題及速成攻略，比韓劇《天○之城》的媽媽們還要激烈。照這樣下去，他絕對能考上首爾醫大的。

一邊胡亂想著最近的熱門影集，紀安辛轉開話題，小聲問了俞皓：「時燁現在怎麼樣啊？『那件事』好像鬧開了。」

從那天之後，他們一夥人都不敢在公開場合討論時燁的事情，讓紀安辛八卦的本性悶得癢癢的，這下逮到機會當然要大問特問一番。

「喔——」俞皓揉亂了自己頭髮，苦惱又氣憤地回答：「對啊，沒想到竟然有人錄影！雖然畫質很差看不清楚，但還是有多事的人不停想挖線索。」俞皓越想越害怕，很擔心時燁的身分會被猜出來，總覺得沒有時刻看著時燁，對方可能下一秒就會被抓去做實驗。

「哎呀，不至於吧？我自己都看不出來我在哪裡了，網友有這麼厲害？」紀安辛覺得俞皓杞人憂天，擺擺手叫他繼續玩球。

「不打了，我要先回教室！」

「欸欸欸——沒差這幾分鐘吧！」紀安辛看俞皓丟下球，頭也不回地跑開，忍不住抱怨：「搞什麼，重色輕友！腳明明就能跑，剛剛還騙我撿球。」

「安安。」冷不防地，江書恆的聲音從紀安辛背後竄出，嚇得他倒退三步。

「幹麼？午休時間打個球不犯法吧？」紀安辛防備性地先提出抗議。

「適度的休息是必須的，但……」江書恆撿起球，語氣溫柔但卻流露一絲抱怨，「你可以找我一起啊，怎麼不說一聲就跑到這？」

「喔，我剛好看到俞皓就拉他來了。」紀安辛隨口回答，刻意避開對方的視線。

「我一下課就在找你。」

「我每分每秒都在你眼皮底下勤奮向學了，連休息時間都要看到你的話，會受不了啦。」紀安辛氣憤地伸出手指比向江書恆，「我現在看到你的臉就像看到數學老師一樣胃痛。」

數學老師授課嚴厲不說，還老愛刻薄批評學生愚蠢又低能，小考時總用手指關節敲著桌面，規律地像是節拍器，學生們聽到老師名字彷彿就聽到敲擊聲的節奏，讓人幾乎精神崩潰的地步。

江書恆沒想到紀安辛竟然把自己跟數學老師相提並論，瞬間黑了一張臉。

其他人可能會被江書恆這模樣嚇到，但相處多年的紀安辛哪裡不知道對方的真面目。他淡定地抬起手，看看運動手錶上的時間，哼了一聲就往前走。老是這樣不上不下的，江書恆不煩他都煩了。

「安安你最近脾氣很差，是不是念書壓力太大了？畢竟高三是最後一年，你就乖點吧，忍一年玩四年，我們考上大學之後就會解脫的。」江書恆走到紀安辛旁邊，看著他氣鼓鼓的臉，親暱地拍拍他。

「嗯，我知道，我會努力考上○○大學的。」紀安辛撇開視線，刻意說出別所南部大學的名字。這些日子學習壓力和對江書恆的感情逼得他走投無路，每分每秒瀕臨極限。偏偏壓力源頭逼得緊，讓紀安辛忍不住想挑釁對方。雖然覺得自己幼稚又無聊，但還是這樣做了。

「現在先不談這個，我們盡力先念好書，之後看怎麼填志願吧。」江書恆知道紀安辛的個性，每當對方豎起反抗的尖刺時，他就會馬上退讓，等紀安辛發洩完情緒之後，態度就會變得柔軟些，這時候再溝通就能得寸進尺。從小到大，江書恆就靠這樣的技巧控制紀安辛的選擇。

「……我剛剛說得過分了，抱歉。」紀安辛當然知道江書恆的招數，但他偏偏吃軟不吃硬，忍不住順了對方意。自己拉的界線又一次沒能堅守住。

「沒事。」江書恆親暱地揉了揉他頭髮，攬過對方的肩膀，把人帶回教室，「那今天我們就多做一張數學考古題吧。」

「……做再多張分數也不會提高啦！」

俞皓快步走回教室，遠遠就看到時燁撐著書桌，一臉凝重地不知道在想什

麼。他離開前給對方準備的午餐只少了一些，這對愛吃的時燁來說實在太反常，偏偏最近都是這樣，讓俞皓擔心不已。

「在想什麼？午餐還沒吃完啊？」俞皓把臉湊近時燁，想嚇唬一下對方。

「你打完囉？」時燁慵懶地回應，像是停止的時間被啟動了一般，拿起筷子用餐，但俞皓知道對方還沉浸在思緒中。

「午休剩下幾分鐘啦，你趕快吃吧。」俞皓幫他從保溫壺中倒了杯茶，監督對方動筷子。

「差不多吃飽了。」

「你吃不到一半耶！」

「可能早上吃太多了吧。」時燁喝了口茶，意興闌珊地又撐著下巴發呆。

「你最近都吃很少。」俞皓擔心地夾起食物試圖餵食時燁。

「不是很餓。」時燁閉上眼睛想著自己的事情，聞到食物味道下意識就閉緊嘴巴，煩躁地躲開。

「你現在吃不到以前的一半，而且好像瘦了，至少再吃兩口吧？」

時燁最近都不想吃東西，即使肚子餓也沒有食慾。他睜眼正想將煩人的傢伙攆開，但一看到俞皓擔心的表情，嘴巴就自動張開了。

「唉，我真的很像養了隻寵物啊。」俞皓不停餵食，看著時燁滿臉不情願但聽話張嘴的模樣，滿足地碎碎念，「什麼都幫你做好，還要擔心你吃不吃，這已經不是養寵物，是養孩子啦。」

「……」時燁被俞皓這番話雷到，撇開頭再也不肯張嘴。養孩子？怎麼不說養男友？

這幾天時燁的煩惱不外乎就是變身的意外事件。本來以為只有朋友看到，唯一的陌生人也嚇暈沒看到細節，口說無憑不怕他散布，沒想到竟然會有人拍了影片還上傳到網路。即便目前大眾對影片可信度存疑，也尚未牽扯到自己身上，但時燁知道這件事情已經無法小事化無了。

家族都有設定關鍵字過濾網路消息，一看到影片馬上就知道是他了。爸爸媽媽昨天特別打越洋電話回家關切令時燁更加煩躁。等他們回來開會之後，家族就會針對這起事情進行懲處，結果會如何他不知道，更讓他擔憂的是眼前這個讓他喜歡不已的傻小子會受到怎樣的『處理』。想著家族的各種手段，時燁哪有食慾。

偏偏這傻子完全不懂他的煩惱，還在那耍蠢。

「寶寶來～張嘴喔～」俞皓夾著食物靠近時燁嘴邊，一副哄小孩的語氣。

時燁皺起眉頭回了個白眼，但俞皓不為所動，只把他冷淡的態度當作中二屁孩鬧彆扭，擺出一臉母愛滿溢的微笑。

兩人一冷一熱的對視了幾秒，時燁垂下眼睛認輸，乖乖地張嘴吃了。

俞皓沉醉在這暫時的勝利中，心滿意足地持續把食物塞入對方口中，沒注意到對方越靠越近，突然他察覺自己眼前一片陰影，時燁一口咬住了俞皓拿筷子的手指，嚇得他一陣鬼叫。

「哎，看起來沒吵架啊。」

兩人甜蜜的小打鬧閃瞎了周遭同學的眼睛，竊竊私語地討論了起來。看熱鬧的同學發表著意見，口氣還有點惋惜。

「只是時燁大爺鬧彆扭吧。」

「吼，白擔心一場。是不是俞皓做了什麼虧心事啊，看他一臉討好，該不會是背著時燁跟嚴正宇怎麼了吧？然後被時燁當床抓姦之類的。」

「你也想太多了！看他們兩個人如膠似漆的樣子，怎麼可能會有綠帽，我覺得可能只是什麼不順吧。」

「什麼不順？考試月事還是床事？」

「白痴欸！」一夥人笑成了一團。

平常總愛將這些題材列為自己創作來源的A子，今天只是沉默地看著遠方笑鬧著的兩位主人公，沒了以往的見獵心喜。

身為罪魁禍首之一，A子一直飽受心靈自責，看著在網路上蔓延、毫不停止的討論，加上親身感受到時燁逐漸消沉和焦躁的情緒，她很努力地檢舉影片下架，同時困惑為什麼這則模糊的影片不管怎麼檢舉都馬上有人再推播置頂。明明是因為喜歡對方而開始的私人小樂趣，卻成為傷害喜歡的人的凶器，A子不知道該怎麼辦，為自己造成的結果感到痛苦又無能為力。

漆黑的房間內，一名男子蜷縮在椅子上囓咬著指甲，著迷地看著眼前的螢幕，上頭有三支影片各自輪播。另一臺筆電上則是各大即時論壇的討論板，成千上百個話題在上頭湧出隨後消失。男子一直重複將同一支影片推上首頁，試圖引導眾人討論話題，將熱度炒起。

『這是假的影片吧？』

『一定的啊，解析度這麼差，不是自導自演就是後製吧。』

『誰會做這麼無聊的事情？』

『多的是無聊的人 www 像是你現在不就很無聊。』

『我覺得是ＪＫ高中的學生欸。』

『有證據嗎？沒圖沒真相。』

『看衣服花色啊，是ＪＫ高中的運動服外套。』

『這麼模糊你也能看出來，說謊吧？』

『真的是ＪＫ高中，而且我知道是誰，是時Ｘ跟他的跟班。』

『喂喂，報人名不好吧 wwww』

『隨便說說我也會啊，看身高是尖尖高中的林子◯吧。』

『我覺得是關予◯（隨便說說我也會 www）』

『你們都別吵了，其實是我啦。』

『可以證明是時燁一夥人，我人就在現場。』

『哇，牛皮越吹越大了。』

『我就是那個被黑豹撲倒的人……』

『那他怎麼變的？有念咒語或是比什麼手勢嗎？會先變成裸體再變成動物嗎？』

『……不知道，我沒看到。』

『果然是在吹牛啊 wwwww』

『我是看影片才知道的，但那個樣子就是時燁。』

『爆料爆出本名很缺德欸，而且你也沒證據不是嗎？』

『對啊對啊，有種就用真名爆料啊，你誰啊？』

『不敢說話，跑啦 wwww』

『孬種～哈哈哈哈～』

每天每天都有無數個話題誕生隨即消失，在網路時代，所謂的『六人關係網理論』或許可以縮得更短。錯誤的、推測的資訊不停地散布，沒有人追究真實性以及話題目的，他們只是貪圖一時的趣味，不停貢獻情報，個人資料也在各種爆料中被洩漏而沒人在乎。

也因此，有心人士可以輕易地透過網友得到他渴望的答案。

「啊……終於，找到了。」看著跳動的對話框，男子發出滿足的喟嘆聲。

第二章 超大型密室脫逃之看誰沒有腦。

在各種隱憂夾擊下，日子依然無情地一天天過去。其中最讓三年級學生期待的就是校慶了，這是他們邁入大考監獄前最後的合法休閒時間，學校因此也動員一、二年級學生為三年級學生策劃有趣的大型活動。

「哇，今年學校搞了這麼酷的活動出來。」俞皓等三年級學生聚集在校門口外，看著熟悉的壯闊鐵欄上頭綁著破舊的燈籠與白紗布，頗有幾分破敗的詭異感。俞皓拿著學校發的前導手冊津津有味地閱讀了起來，同時間三年級同學們一隊一隊地走入校園內。

「從熟悉的校門走入學校之後，你突然穿越到了一個陌生的村莊，四處荒煙蔓草看起來已經廢棄多時，你和夥伴們感覺不妙，正想退回時卻發現入口已經關閉，任憑眾人再怎麼用力推拉都無法打開。懷抱著不祥的預感，你只能選擇前進，尋找出口。」紀安辛從一旁走到俞皓身邊攬著他肩膀，念出手冊上的背景設定。

「你怎麼沒跟你們班一起？」俞皓看著紀安辛鼓起的臉頰，好奇問道。

「我們班早就進去啦！本來想開溜的，我才不想浪費時間在這種無聊活動上，誰知道江書恆跟鬼一樣，躲哪裡都被他找到。」紀安辛朝江書恆做了鬼臉換來對方的微笑，他不耐煩地用手肘輕撞俞皓邀約，「我們一起走會比較好玩吧？」

班上同學已經離開，他可不想再跟江書恆獨處。這陣子高密度的相處學習，看到對方的臉不是出現考題就是想吻他，紀安辛覺得自己所有情緒都到了沸點即將溢鍋，可能再一點刺激就會對江書恆做出什麼事情。

不是痛毆他一頓，就是強吻他一頓。總之，無論是哪一頓都不太好。

「噢，好啊。」正好學弟妹揮手要下一隊前進，俞皓隨波逐流地和時煒、紀安辛、江書恆組成了一組。

「哇，門口是數學老師把關啊，那肯定沒有人敢逃的啊。」紀安辛無聊地回頭想查看能否掉頭走出大門，就看到手持教鞭的數學老師推推眼鏡望著他，腦中立刻出現手指敲桌的節奏。

「太變態了！你們看手冊上面還寫著『如果沒有完成一定積分，下週需完成老師們假日的愛心輔導課八小時』。」俞皓很喜歡看漫畫打電動，這次學校為了校慶把校園布置成大型密室，要三年級學生們收集線索破解謎題。超大型脫逃遊戲實在很對他的胃口，因此很認真地在閱讀手冊。俞皓屬於玩遊戲之前會先仔細閱讀說明以及系統的類型。

「……幸好我沒有開溜！」根本沒興趣閱讀手冊的紀安辛垮著臉哀鳴。

「是不是應該感謝我呢？」江書恆摸摸他的頭髮，趁機扯了一把，輕微痛楚讓紀安辛感到威脅，只能孬種地點頭稱是。

「所以現在要往哪走？」時燁看著廣闊校園，不知道該從哪裡開始探索，他對這種麻煩的事情一向沒有興趣，但看俞皓興致勃勃的模樣，也就耐心地跟著玩。

「看手冊地圖是將校區分成幾塊，每一塊都有一個目標可以完成，完成越多就能夠獲得越多的分數。」江書恆細細地閱讀說明。

「獲得的積分可以兌換學校許可的外賣券！」讀到同一頁的俞皓和紀安辛同聲

大叫，「這個太棒了！夜間自習能吃麥○勞和肯○雞了嗎？」

「還能喝珍奶、吃雞排！」俞皓看著手冊上的說明及相對應的點數獎勵，升起了熊熊野心。

「我不喜歡吃垃圾食物。」時燁興致缺缺，想要說服俞皓放棄，「你做點心帶來就好了，幹麼要叫外賣。」

「我喜歡垃圾食物啊。而且都三年級了，我要努力念書沒時間幫你做便當了。」俞皓才不管時燁的小脾氣，對方最近陰陽怪氣的。雖然他知道他有心事，但日子還是得過嘛！窮擔心也沒有用。寵物教育呢，就是要愛與處罰並行，偶爾給糖偶爾給鞭子，雖然他打不過時燁，但不給他糖吃還是很容易的。

被忽略的時燁有點不開心，前陣子像小公主一樣被哄著的時間美好卻短暫，俞皓最近都不順著他了，老是被嚴正字拐帶不說，連紀安辛也加入了搶人的行列，害得時燁特別鬱悶。沒時間幫他做飯卻有時間陪學弟練球……嘖！

「……那就去拿吧。」看對方一臉開心的模樣，時燁只好悶聲附和，跟著俞皓腳步走。

「你不要外賣券的話就給我，我再把我的點心給你吃。」俞皓知道時燁只喜歡精緻的小吃，於是大方地跟時燁提出交換。媽媽每天都會準備零食給俞皓，再分給時燁就好啦，平常也是這樣的嘛。

「不要。我要吃你做的，你做的我才跟你交換。」

「蛤？」俞皓正想吐槽，但時燁看似冷漠的眼神中流露幾分可憐兮兮，活像一隻被拋棄亟待領養的流浪犬，嚴厲的表情立刻轉彎，「……好啦好啦，我有空就做給你喔。」

哎呀，真拿時燁沒辦法！再醜再頑皮再任性都是自家的孩子啊，怎麼就這麼可愛呢～把拔會任勞任怨給孩子做健康三餐的。

「嘖，狗男男。」看著時俞兩人不自覺的甜膩氣氛，自認單身又失戀的紀安辛碎念了聲以示抗議。無奈人家沉浸在自己的小世界，嘖那幾聲反而嗆到了自己口水，更顯他的狼狽不堪。

「很羨慕？」江書恆看著紀安辛一臉憤然，突然問了他幾句。

「沒有！只是覺得礙眼。你們都在戀愛，小心考試考砸，老師有說戀愛可是考試的大敵呢。」紀安辛迴避江書恆的眼神，扯開嗓門，開朗地揶揄。每次紀安辛覺得自己有些動搖的時候，總愛提起江書恆的女友，刺激自己鬆懈的心。

「沒有啊，我分手了。」江書恆平淡地扔下震撼彈，自顧自地往前進。

「蛤!?」紀安辛傻了，交往不到幾個月的時間，說分手就分手？那之前自己那些悲痛跟覺悟豈不就反應過度？心急之下他跑到江書恆身邊逼問，「欸，怎麼回事啊？你們不是剛在一起嗎……」

「就覺得個性不合。」江書恆簡單地帶過，本來他交女朋友就是打算找個煙霧彈，讓人家以為他是異性戀，沒打算真的花時間經營。另外一方面也是因為紀安辛老是用這個當藉口躲開他，讓他決定提早跟女生分手。

「什麼啊，也太快了吧！你以為在扮家家酒喔。」紀安辛試著掩飾自己的幸災樂禍，卻掩不住好奇追問。

「我們先往一年級校舍走吧。」不管紀安辛的詢問，江書恆看了手冊的線索提示後提議了前進的路線，「一年級校舍等同於村莊入口的村民居住地，裡面應該有許多初級線索。我們要靠收集線索找到故事的真相，這樣在逃脫的時候就能夠獲得更大的積分。」

江書恆不到幾分鐘時間就已經分析完手冊的內容和攻略方式，讓一旁還沉浸在故事中的俞皓大感佩服。

「跟我想得一樣！我也覺得應該要先從收集資訊開始。這個村莊滅村的原因到底是什麼？一想到就毛骨悚然但又覺得好有趣啊。」俞皓雙眼亮晶晶地大叫。

「……手冊上有一些線索。」時燁不甘心俞皓稱讚別人，連忙惡補內容試圖找出一些蛛絲馬跡，「看，這邊寫著『雖然村莊已經破敗不堪，但還有許多寫著隻字片語的信件和留言被保存了下來，試著用這些內容拼湊出真相吧。』。」

「太酷了，跟電玩遊戲一樣！我們開始搜索吧！」俞皓一馬當先地衝進開放的教室，每個可以搜索的教室門口都有學弟們站著引導來人解謎。

教室布置得相當到位，破碎的米缸、殘片的草蓆、充滿灰塵的爐灶和碗瓢，將村落的破敗感完美呈現，俞皓邊興奮地讚嘆，邊當著執勤學弟妹的面翻箱倒櫃了起來，可惜他粗率又大剌剌地大範圍搜索顯然沒有什麼收穫，反而是其他人屢屢斬獲。

「啊，我找到了一張紙。」紀安辛隨手就從草蓆下摸到了一張殘破的信紙。

「我這邊有一張照片。」江書恆小心地從摔破的瓢盆中抽出一張黑白照，上面出現一對夫妻和兩個稚齡孩童。

「這有一袋公文。」時燁坐下來休息的時候，剛好看到廢紙中的牛皮紙袋。

「什麼嘛，怎麼我找得比你們勤，卻都沒找到東西呢？」俞皓不解，咕噥著抱怨。

「你找東西的方式太表面了，應該盡量找能藏細節的地方。」江書恆一邊整理線索一邊跟他說明，「從這間『民宅』找到的線索顯示，村民被勒令限期遷移出村莊，但村民不願意，正在聯署陳情，不過似乎沒有什麼用。」

「是不是被殺了？」紀安辛拉起殘破信紙，看著上面的點點血跡，覺得有點噁心，「媽呀，這個故事也太變態了，不遷村就屠村？」

「這類型的遊戲都是這樣，一點一點收集真相。每個人收集到的資料不同，推敲出來的真相就不同，很有趣。」喜歡看推理小說的江書恆覺得故事與道具設計優良，對遊戲的興致提升了不少。

時燁坐在椅子上偷懶，看著俞皓不死心地四處翻找，動作大到都把道具翻倒在地上了，讓看守教室的學弟妹們露出了困擾的表情。

「吼吼，找到啦！」被道具弄得灰頭土臉的俞皓興奮大喊，手上拿著一本日記本揮舞。

大家以為俞皓這麼狼狽應該是找到什麼厲害的線索，紛紛圍了上去。

「『O月X日今天吃了滷蛋、O月O日今天跟小明一起在會所外面拜拜，但我還沒有成年不能進去、X月O日我今天看到了安生哥哥在親親唷……』喂喂喂，這什麼沒用的情報啊……」俞皓亢奮的的聲音隨著閱讀出來的訊息變得微弱。

「喔，總是會有沒有用的訊息混淆視聽嘛。」江書恆安慰道。

「可惡！就我找到沒用的情報……」本來以為自己遊戲宅經驗豐富，絕對能帶領大家成為推理王，好好帥一把，沒想到徒勞無功。俞皓看著日記本上小孩子歪曲的字體一陣哀號。

出了教室門口，守門的學弟妹在他們的護照本上貼了三個星星，另外還另外貼上了一個比較小的王冠貼紙。

「喔，這個意思應該是我們找到了多少線索的意思？類似積分？」紀安辛看著貼紙好奇猜測。

「應該是，多走幾個教室看看吧。」江書恆點點頭，走向另外一個教室。

來回搜索幾間民宅（教室）後，四人看著手上的線索開始推敲。

「目前得到了幾個線索……」江書恆擔任主導者來梳理目前的情況。

「這個村莊不知道發生了什麼事情，一夜之間慘遭屠村。」

「村民收到了遷村通知，但抗拒遷村，所以被屠村了？」

「這個村子好像有獨特的宗教崇拜，或許跟這個有關。」

「我也覺得欸，我找到的資料都提到了『無疾宗』。」

「可以吸收一切災厄疾病的宗教，聽起來就很無腦欸。」

「每個時代都有這種事情，尤其是在偏遠村落更容易相信非自然力量的存在，宗教的力量是非常可怕的，只要搭配一些人為的操作，可以蒙蔽許多人的理智。」

聽著其他三人熱烈的討論著自己找到的線索，俞皓悶悶不樂地摳著自己手冊上的貼紙，他找到的線索都只能換到王冠……

明明他是最努力找的人，但所有重要線索都跟他失之交臂，他只找到村民的八卦小紙條，雖然很有趣，可是很沒意義啊！他也想當一回名偵探◯南，帥氣的說凶手只有一個！但現在他宛如◯週刊狗仔，找到的都是誰目擊了誰在戀愛、誰跟誰有一腿這種無聊的訊息。

江書恆井然有序地整理好了目前的資料後，也順帶分析了這個活動的設計層面。

「我們還需要更多的資料才能推論出滅村的真相。依照經驗，每一間民宅都藏有三個必要線索，找到這三個才能換到相對數量的星星，這個星星應該就是最後活動勝負的主要積分來源，其他的不必要資訊，只能換到王冠貼紙。」

「皓皓找到的資料換成了王冠吧？王冠可以幹麼？」紀安辛看著星星上面小小的王冠，好奇地問。

「都是沒屁用的資訊啦……」俞皓悶聲自我吐槽。

「王冠可能可以加分。如果真的很多餘就不會給貼紙了。」看俞皓沮喪地低頭，時燁馬上出言安慰。

「類似番外篇的收藏吧。雖然內容很無聊但應該可以多少加一點分，可能是怕大家分數太靠近，特別加入的加分環節。」江書恆也安慰他。

「其實還滿有趣的啦，這樣看下來，村莊好像有誰在偷偷戀愛吧。」紀安辛看著拍下來的線索照片，將小八卦拼湊出輪廓。

「看著看著也關心了起來，目前都是村民偷偷討論，代表這份戀情是不能公開的嗎？」雖然是無用的情報資料，但俞皓收集著也產生幾分好奇，村民NPC的小故事也滿有趣的。

「誰知道呢，繼續往下找吧。」紀安辛對於一點一點收集資料感到不耐，忍不住催促大家加快腳步。

「等等、等等，我剛剛找到了一張紙欸。」俞皓憑藉著遊戲宅的經驗，覺得線索應該都是藏在沒有人會找的地方，哪邊髒哪邊充滿灰塵，他就往哪鑽，幾趟下來人灰撲撲的不說，找到的資訊還都只是皇冠級別的，搞得俞皓勝負心大起，更努力想從各個角落縫隙掏出點什麼來。

這次他從櫃子和櫃子中間的夾縫抽出了一張手寫信，換到了一顆星星。

『O月X日

今天見到安生哥哥了，白雪般的肌膚和兔子似的紅寶石雙眼真的好美。

雖然因為偷偷去看他被罵了一頓，但我還是覺得好開心喔。

爸爸說要等到十八歲才能跟安生哥哥見面，在那之前我要認真念書努力幹活，多積攢一點功勞點數，這樣成年後才能奉獻更多點數跟安生哥哥見面，把自己的汙穢透過安生哥哥淨化，我就能成為更好的人。

像白雪一樣的安生哥哥，我什麼時候能跟你相見呢？』

「安生？這個名字好像在哪看過欸。」紀安辛飛快地閱讀了這封信。

「看起來是那個無疾宗的關鍵人物？教主嗎？」江書恆猜測著。

「應該是重要的角色。無疾宗透過功勞點數換取可以跟這個叫作安生的人見面當作福利，讓村民願意貢獻出自己的勞力，這樣可以鞏固村民的忠誠度，更好控制村民。」時燁也說出自己的看法。

「像是白雪一樣的安生，這個名字剛剛好像有出現過。」俞皓覺得眼熟，任意猜測，「感覺是個美少女？白雪公主這樣的人嗎？」

「人家都說哥哥了，是男的啦。不重要，我們趕快往前進吧。」紀安辛對俞皓翻了個白眼吐槽。

眾人的搜索積極度提升了許多，幾個小時已經將一年級校舍搜索完畢。

「這個故事規模還挺龐大的啊。」紀安辛檢視著自己手機拍下的畫面，忍不住佩服學弟妹的用心。雖然他對解謎沒興趣，但對於拍照倒是興致昂然，他在每個場景中都拍下了大量的照片。

「哇！我們應該把星星都收齊了。」俞皓看著手冊上一年級校舍攻略進度寫上了「100％」，感到非常滿足。

「現在故事輪廓也出來了。安生是這個『無疾宗』的神代，也就是神之替身的意思，『像白雪一樣的安生』是因為他是白子，特殊的外表能夠讓村民相信他和神的關聯，說服力會更高。然後這個宗教被政府注意到了，要求他們解散，但他們不從，發動村民抵抗，因此導致了悲劇的發生。」江書恆將資料細緻地寫在手冊上。

「只因為他們有自己的宗教就要被滅村嗎？」俞皓不敢置信。

「這個宗教帶領村民反抗政府，代表他們可以控制村民並且有自己的私刑規則，對當地政府來說就是有危險的邪教。」時燁解釋。

「但發展到屠村應該還有隱藏什麼祕密。」江書恆閉上眼睛梳理著情報。

「屠村耶，男女老少都不放過？太變態了，難怪這個村子會變成陰森鬼村。」紀安辛吐吐舌。

「安生好可憐。」俞皓看著自己找到的小皇冠情報，也推理出自己的一套想法，「我覺得我找到的資料是安生的小故事，他似乎和誰陷入了戀愛中，但因為他是神代所以這樁戀愛不被允許，是嗎？」

「這很合理，這個『無疾宗』已經數百年了，神代都是白子，被信徒視為神蹟的展現。其實這種少數基因的機率很低，要能夠確保有神子的誕生，應該是近親婚育才可能提升白子神代的誕生率。」江書恆補充著自己的猜測。

「哇，太變態了吧……」雖然知道都是故事，紀安辛還是忍不住恐懼。

「近親聯姻保障血統的純正，在歷史上一直都是很常見的。」時燁平淡地回答。以前時燁家族也有一票這樣的族人，希望能提升有變身能力的族人數量，沒想到生出來的孩子有許多先天問題，這個計畫才因此作罷。

「安生的祕密戀情在村莊變成了大八卦，有些人想要檢舉他，有些人想幫他隱瞞。唉唷，之後發生了什麼事情啊？好想知道喔。」俞皓開始過度投入到劇情中，咬著手指想得到更多情報，完全不在乎主線了。

為了得到更多線索靠近故事核心，四人轉移了陣地，前往二年級校舍。

第三章　解不開遊戲提示怎麼辦？Google 永遠知道答案。

四人走進二年級校舍的大廳，四周昏暗不說，還到處掛滿黑透紗，搭配昏黃的蠟燭燈，比起一年級校舍多了幾分恐怖。

「為什麼覺得二年級校舍布置得荒涼以外還特別陰森啊？」紀安辛東張西望，看著燈都不點的教室，明明是熟悉的建築大樓卻充滿了詭異感，加上重重疊掩的黑紗，四人不自覺放慢了前進的腳步。

「他們用黑透紗遮擋住了光源，所以比較暗。」時燁知道這些都是氣氛營造的道具，絲毫不在意地撥開黑紗前進，沒想到之中竟然躲藏著一個白衣女鬼，滿臉鮮血還擺出猙獰的表情，一瞬間撲向他們！

「哇哇啊哇哇啊啊——」俞皓本來也好奇地東摸西摸，時燁那邊突發的事件讓他想過去一探究竟，卻被誰給抓住了手，嚇得他魂飛魄散大聲嚎叫，接著便跳起來想飛踢對方。

「冷靜點，那是人扮的。」時燁知道都是學弟妹喬裝的，連忙出手摟住俞皓的腰，擋下他的動作。

「哇、哇靠，這哪招啊？變成惡靈古堡了嗎？」紀安辛也受到鬼的攻擊，雙手擺出手刀狀劈向對方，「要打倒他們嗎？這個我很行的。」

紀安辛的一番話讓鬼們非常害怕，連忙舉起牌子顯示自己的無害，顯然是已經遭受了幾次攻擊。

「上面寫著除了收集資料以外，找到重要關主破解挑戰可以獲得獨家情報。」江書恆同情地看著一身恐怖裝扮卻被攻擊得破破爛爛的學弟妹，連忙出聲幫忙解釋，讓其他人冷靜下來。

嗚嗚，他們只是盡責工作啊。怎麼學長姊各個像是武林高手，沒有嬌聲尖叫不說，出手一個個快狠準，讓他們這些第一線小鬼被打得好慘。扮鬼的學弟們不能說話只能一臉哀怨。

「哎唷，弄得太恐怖了啦。」俞皓冷靜下來發現學弟妹們變得亂七八糟的，白色長袍上都是髒髒的腳印，與其說是鬼更像是乞丐，心虛地為自己解釋。

傳達指令之後，冤魂們迅速地散開，減少自己受害的機率，四人也開始專心搜索並且尋找關主。

「這做得還真是有模有樣欸，誰想到這麼有趣的點子。」俞皓翻翻找找的同時忍不住感嘆。

「二年級的學委會吧。」紀安辛也找出了心得，二話不說就爬上櫃子摸索高處，沒想到摸著摸著摸到了什麼軟軟的東西，他下意識用力捏了一把，結果那東西竟高聲尖叫起來。

「呃，我只是……下意識……」看到捧著受傷的臉，從櫃子上方爬下來的女鬼學妹，紀安辛尷尬道歉。

雖然很委屈，但學妹盡責地做出厲鬼的表情，陰沉地看著眾人並且舉高自己手上的提示牌，眼神淒厲但臉頰上明顯的掐痕讓她一點也不可怕。

「呃，村民遊魂A帶來的考驗是解開這個數學題就可以獲得重要情報資料。」

俞皓尷尬地念著牌子上的字。

「喔，五包薯條加四個漢堡是十九元、三個聖代加六個漢堡是十二元，那兩包薯條加兩個聖代是多少錢？」江書恆專注地看著問題，沒發現紀安辛正在跟學妹搭話。

「學妹沒事吧？對不起啊，我剛剛沒發現有人……妳臉都紅了，是不是很痛啊，哎，真抱歉。」紀安辛看著學妹臉頰一片通紅，沒想太多就摸起人家的臉頰安撫。紀安辛精緻的外貌幾乎媲美偶像團體成員，這樣靠近學妹，把學妹羞得不知道該如何是好。

「你不要打擾學妹工作。」江書恆發現紀安辛的撩妹行動，一個攬肩就把人抓回自己身邊，學妹只能在心底哭喊她真的不介意啊、學長留個ＩＧ帳號吧！但江書恆那溫和有禮卻冷冰冰的眼神，讓學妹自動消音了。

「答案是十元，走吧。」江書恆一改之前從容的態度，迅速地解開題目後拉著紀安辛就往前走。

「你覺不覺得……怪怪的？」俞皓根本還沒想通題目的邏輯就解答了，他跑去跟一臉遺憾的學妹拿星星貼紙和線索後，像是想到了什麼，八卦地笑瞇眼睛，偷偷跟時燁說悄悄話。

「嗯，所以呢？」時燁看著俞皓的表情，忍不住想跟他唱反調。

「什麼所以呢！」俞皓張大眼睛控訴，「這樣是不是有機會要有一腿啦？但江書恆有女朋友欸……難道他是真的很想要外賣券所以急著離開嗎？」

「……我想他應該沒有想要外賣券。你剛沒聽到他跟女朋友分手了？」時燁放棄跟俞皓胡扯，他永遠無法跟上俞皓的邏輯，直接告訴對方答案比較快。

「分手了？哇！時間也太短了吧。」俞皓聽時燁這樣說，興奮地低聲嚷嚷，「那紀安辛就有機會啦？」

「江書恆應該只是想要一個交過女朋友的印象吧，所以時間長短不重要。」時燁雖然知道江書恆的想法，但沒有多管閒事的意思。

「蛤？要這種印象幹麼？」俞皓不解。

「讓人家覺得，他是交過女朋友的人。」時燁語帶玄機，如果跟俞皓說得太多，這傢伙一定會去跟紀安辛說。顧慮到江書恆的個人隱私，他決定點到為止，換個話題。

「你之前不是還在那邊糾結性向問題，現在站過去了？」

「畢竟是朋友嘛，想要幫他加油！如果對方沒意思就算了，但我剛剛感覺到了什麼醋味！」俞皓故作帥氣地刷了鼻子一下，炫耀著自己的靈敏嗅覺。

「看熱鬧跟真的看到他們交往是不一樣的，你真的可以心無芥蒂？」時燁有意延續這個話題，抓著俞皓的臂膀緊緊靠著，小聲說話。

「又不是喜歡我，我幹麼管人家？」俞皓聳肩，畢竟是關係到前方兩人的八卦，他也貼著時燁悄聲說話，「還有，人家談戀愛為什麼我要借地？我哪有地可以借。」

「『心無芥蒂』是成語，但不重要。」時燁草草略過俞皓的中文教育，以幾乎將俞皓貼在懷中的距離、靠在俞皓耳邊繼續詢問，「那如果是喜歡你怎麼辦？」

「呃……那要看是誰？」時燁左手像螺旋一樣緊繞著他的左手，俞皓覺得自己很像被警察逮捕的犯人，或是被大蛇捕獲的青蛙，下一秒就會骨折。

「什麼意思？」時燁略低下頭貼著俞皓耳朵，屬於對方的低頻音直接竄進耳中，惹得他雞皮疙瘩直起。

「一般的男同學想都不想就會馬上拒絕啊。」俞皓覺得時燁又在故意捉弄他，決定要忍耐吹拂在耳鬢的氣息，若無其事地表現出從容的風範，「如果是比較有交情的關係，可能要再想一想吧。」

「嗯？比如？」時燁看俞皓通紅的耳根與紅潮一片的後頸，覺得有趣又在旁邊吹了幾口氣。

「你不要一直搗亂，這樣我怎麼思考啦！」俞皓給對方幾個拐子，跟礙事的傢伙拉開距離之後，發癢的喉嚨終於可以正常發聲，「遇到才知道吧，擅自假設誰喜歡我也太厚臉皮了。」

「喔。」時燁的試探被華麗地躲過，他悶悶不樂地撇了嘴。

後方兩人的拉拉扯扯，紀安辛都聽在耳裡，雖然不清楚內容，但那黏黏糊糊的曖昧光線閃瞎了他，正在心裡咒罵的時候，拿著剛才解題得到的線索正在研讀的江書恆發出了驚訝的單音，「喔！這個真的是滿重要的情報。」

「嗯？」紀安辛的注意力馬上被移轉，好奇地把頭湊上靠著江書恆的肩膀，

「這個也是村民的日記嗎？」

「發現什麼？」俞皓聽到江書恆說的話，連忙拖著時燁上前。

「『我看到了，安生大人和村外人碰面，甚至有親密的碰觸行為。啊啊啊，那可是兩個——啊啊，安生大人已經不再純潔，雪白染上了汙穢——太噁心了！真是太噁心了！應該要立即處死安生，但這樣的話村子就沒有神代了。立刻要求神職大人們囚禁安生，直到新的神代誕生吧！』」紀安辛將紙上的情報念了出來。

「喔喔喔——安生的祕密要被揭穿了嗎？」俞皓相當入戲，緊張地喊叫，「安生該不會是被處死了吧。」

「重點是，安生的村外戀人怎麼認識他的？安生能溜出神廟也要有誰的幫忙吧？還是得多找一些情報。」江書恆細細地思考著每一張線索暗示的蛛絲馬跡。

「我覺得安生的戀人可能是個男的。」時燁看了情報後若有所思。

「這個推論太天馬行空了吧！你腐眼看人基嗎？」俞皓吐槽。

「我覺得有可能。」江書恆點頭附議，「所有的資料都有明確的用他她你妳分出性別，在講到安生的戀人的時候沒用到妳她呢。」

「嗯，還有這句『那可是兩個……』，寫不出來的原因是什麼？我之前發現村民們在談到安生的戀情時總是語帶保留，除了是村外人，更讓他們無法接受的就是同性別的戀情吧？畢竟無法生育的話，白子神代就絕跡了。」江書恆將推論寫在筆記上。

「哇靠，就因為這樣，安生就要被囚禁或處死嗎？是這麼嚴重的事情嗎？」紀安辛投射起自己的狀況以致臉色發白。

「那個時候比較保守吧？」俞皓沒發現紀安辛的憂慮，隨口回答。

「與其說保守，不如說每個時代觀念不同。教育影響世代的普遍常識，當你接受的教育告訴你這樣有罪的時候，你自然就會把它當作普遍的價值觀。既然有對同性友善的時代，同樣也有對同性不友善的時代，就像近親通婚曾經是合理的一樣。」時熚輕描淡寫地補充。

聽完大家的說法，紀安辛的不安雖然稍微降低了一些，但看著江書恆的背影，他的心中產生了新的情緒。那些潛藏的擔憂與自卑感開始浮出，他是有罪的嗎？是不正常的嗎？是必須被處罰的嗎？

隨著一行人深入二年級校舍，遇到了越來越多狼狽不堪的村民鬼學弟妹，好幾個想要嚇人的二年級反而被揍得七零八落的，各個眼神哀怨得很真實，像極了冤死的村民。

反觀俞皓這邊卻像是打了雞血一樣興奮，解謎正好是他大展身手的地方啊！看著幽魂村民的題目，俞皓感覺到自己的舞臺即將到來！

「這個呢，看起來文字斷掉很奇怪吧？其實很簡單只要拿出鏡子接起來，就會看到答案囉。」

「我以爺爺的名聲發誓，這個就是注音文啊，用手機試著打打看，智慧輸入法會跑出來答案喔。」

「很簡單啦，這串看似沒有意義的數字其實是英文字母的順序啦。所以這串數字的答案就是英文的七。」

「這邏輯一樣啊，你們都不會舉一反三欸。這個是鍵盤輸入法的轉換，你把奇怪的英文對照中文鍵盤後就會出現有意義的單字了，是吧是吧！真相，只有一個！」

俞皓電玩宅的威力終於派上了用場，得意洋洋地賣弄起自己從各種電玩動漫學到的知識，甚至開始盜用知名動漫角色的臺詞，唬得大家一愣一愣的。

學弟妹們看著這位學長橫掃千軍的氣勢，忍不住多留意了幾下，加上他們四人出眾的外貌，本來分散在各處的幽魂學弟妹們自動集合了，還乖乖排隊等學長來破解謎題，省去了俞皓等人搜尋的困難，攻略速度大幅提升。

「這一點一橫的東西是什麼？超商條碼嗎？」紀安辛無視學弟妹的視線，想要將注意力集中在解謎上，分散自己心底冒出的不安感。

「喔，摩斯密碼。」俞皓得意洋洋地賣弄，「一八三六年發明的數位化通訊方式。」

「皓皓很厲害呢。」江書恆佩服地稱讚俞皓。

「沒想到你會知道這些。」紀安辛對他另眼相看，本來還以為俞皓跟他一樣是只會運動的傻瓜呢。

「沒什麼啦，我其實還滿喜歡冷僻知識的。」俞皓用拇指蹭蹭鼻子，發出得意的鼻音。

時燁看俞皓這個臭屁的模樣，在心中冷冷吐槽。其他人不知道，但時燁當然知道底細，俞皓對這種遊戲又怕又愛玩，每次都要拉著他玩，基本上操作搖桿的人是自己，這傢伙只負責在旁邊指使他移動跟鬼叫而已。

不過這樣的事情，只要他知道就好。時燁喜歡有只屬於兩個人的祕密。

「那怎麼解？」但他還是想欺負一下俞皓，看對方尷尬的表情也很好玩。

「Google 啊！網路上有翻譯機的。」看得懂不代表會解答，但電動宅俞皓擅長萬事問 Google，一點也不擔心。

「可以 Google 嗎？」江書恆疑惑，如果可以 Google 的話，根本不用解謎了，網路上到處都是答案。

幽魂學妹搖頭表示不行，但看著學長好看的臉，學妹搖得不是很堅定。

「學妹可以寬容一下嗎？」紀安辛對著學妹輕輕眨眼，「摩斯密碼太困難了啦，誰背得出來啊。」

「就是說啊，學妹開個後門嘛。」俞皓雙手合十，歪頭看著學妹，無意間裝了可愛。

學妹面對兩大可愛系學長的近距離請託，害羞地用牌子遮住臉。

「好了，學妹沒看到的話就不是作弊。我們來 Google 吧。」俞皓立刻自動翻譯學妹的動作是默許了，俐落地掏出手機開始搜尋。

「喔喔，有了有了。」紀安辛摟著俞皓的腰，俞皓的身高很適合紀安辛倚靠，他索性將頭靠在對方肩膀上。心裡越慌的時候，就越想和人有肌膚接觸，碰觸到體溫會讓他覺得沒那麼孤單。

俞皓正專心在解密，而且平常被時燁靠慣了，一點也不以為意。

時燁和江書恆則無語地看著兩人，一旁學妹還拿出手機偷拍，竊竊私語討論起兩位學長是否有曖昧。時燁不爽地直接上前一步拿走俞皓手機，趁機分開兩人。

「這一篇文章也是村民的日記。大意是說村外來了官員，大家熱情招待他的同時，也要小心祕密不能被揭穿，這是屬於村民才能享受的祕密儀式。」時燁面無表情地念出文章。

「安生不是跟村外人見面了嗎？」

「村外人利用安生得知了儀式的祕密吧。」

「儀式的祕密到底是什麼？」

「要繼續收集故事才能知道，目前進度大概三分之一。」

時燁和江書恆迅速地利用討論進度來轉移俞皓和紀安辛的注意力，把亂放電的兩人在學弟妹湧上拍照要電話之前，將人帶走。

四人走到二年級校舍的最後一站，因為是最後一站，布置得格外用心，將六樓校舍一整條走廊都用遮光布圍起來，地上放置小小暈黃的燈具，營造出幽暗的氣氛，搭配上遠近錯落的蟲鳴聲，之中還夾雜著誰悄悄呼喚的聲音。俞皓一靠近就毛骨悚然，連忙抓住時燁衣服後襬，時燁自然不會阻止他，反手牽好牽滿，讓對方貼著他走。

江書恆看著兩人的模樣，實在很像鬼屋闖關的小情侶，然而不怕鬼不怕黑的紀安辛則是忙著跟各種布置物自拍做出各種表情，甚至屢次破壞道具被學弟妹白眼。

「大家散開來找線索比較快。」不是滋味的江書恆拍手提議大家分散。

「欸！為什麼！」俞皓從時燁後背冒出圓圓腦袋，第一個大聲抗議。

「剩下兩個小時校舍就會關閉了，接下來是晚上的學校探險，我們如果不趕緊結束二年級校舍，可能無法百分百攻略。」江書恆振振有辭地說明，句末還假裝好心詢問，「皓皓如果會怕就跟時燁一起吧。」

「我可以一個人喔。」紀安辛一邊用手機拍照，無所謂地舉手回答。

「我、我才不會怕呢！」俞皓當然不會承認自己膽小，甩開時燁的手，扠腰大聲叫囂，「大家各自行動，比誰在這關分數多，敢不敢！」

時燁看著這個傻瓜，無奈地嘆氣。如果不是俞皓太早嗆聲，時燁可以承認自己怕黑，硬要跟俞皓一起走的，他根本沒有自尊心這種包袱。

「好啊好啊！」紀安辛覺得這個提議很有趣，而且他也不想跟江書恆單獨在這條走廊的教室探索，「剛好四間教室，一人一間如何？」

「好啊！來！依照猜拳順序進去。」俞皓表現出勇敢的樣子，又放大分貝說話，他在心中暗自祈禱必須抽到第一間，越後面的教室感覺越可怕，光是要自己一個人走過這條走廊，俞皓就感覺一陣尿意。

猜拳的結果，俞皓慘敗，必須走到盡頭房間，這讓他愁眉苦臉了起來，時燁見狀靠了過來跟他耳語。

「還是跟我換？我第二間。」

「沒、關係啦，我又不怕。」俞皓挺起胸膛捶了兩下以示勇敢，幾秒後俞皓踮起腳尖，在時燁耳邊小聲說，「但你可以陪我去上廁所嗎？」

時燁看著俞皓紅透耳尖，故作勇敢的模樣，噗哧一笑，揉揉了他頭髮。

「走吧走吧！三十分鐘後集合可以吧？這樣還有十幾分鐘可以討論。」紀安辛喜歡比賽，因此對於這個提案躍躍欲試。

「我們要先去廁所。」時燁大方地說。

「上廁所就上廁所啊，還要結伴？你是小女生喔？你是怕黑還是怕鬼？」紀安辛不以為然，他看著俞皓縮在時燁身邊、拉著對方手臂的模樣，忍不住取笑。

「……才沒有！」俞皓瞪大眼睛搖頭否認，事關男子氣概不能認，「我只是在想廁所可能有什麼線索要先去搜查一下。」

「欸，有點道理！」紀安辛很迅速地就被說服了，「那我也要去。」

「……那就一起去吧。」江書恆無奈點頭，他當然知道俞皓真正的心思，但戳破對方也不好意思，索性一起上個廁所吧。

四人一起走過幽暗的走廊，明明平常跑著跳著一溜煙就過去的距離，俞皓感覺今天特別漫長。是不是真的撞鬼，現在是遇到鬼打牆？接著就會遇到蟲洞把四個人分開，然後他必須去一個一個找回夥伴。

不行不行，這麼黑又有鬼，他做不到。

胡思亂想之間，俞皓抓住了前方的時燁，整個人貼上去緊緊抱住對方後腰。

「怎麼了？」時燁忍著心中的心癢，側頭看著俞皓頭頂。

「我怕等等萬一有不可抗力會讓我們分開。我一個人活不下去，要帶著你到異世界。」俞皓一副慷慨赴義的表情。

雖然時燁不能理解俞皓在想什麼，怎麼演變到這個劇情。但對方就算到了異世界也要帶著他這點，他是相當買單的。嘖，這傢伙真會撩人。

「你到了異世界，應該還是會變身吧？」俞皓想了想，不放心地抬頭詢問，「我都想好了，你變身成老虎可以捕獵、變身成鯊魚可以抓魚、變身成長頸鹿可以攀高、變身成大象可以載我，算了算，帶你ＣＰ值最高。」

「……」時燁滿心的粉紅泡泡立刻被當事主無情戳破，氣得他立刻出言吐槽，「那你會什麼？我到了異世界還要照顧你？」

「朋友還要計較這些嗎！」

「你帶我去異世界的理由只是想使喚我還敢說！不只在異世界，我可以在現實世界馬上丟包你。」時燁試圖扒開黏得死緊的俞皓。

「不可以不可以！」俞皓胡思亂想就是要減低恐懼感，如果時燁還不給他抓著，他可能連一步都無法前進，「我那麼愛你，被你搓揉蹂躪都欣喜承受，比童養媳還乖巧。帶你去異世界也一定幫你洗衣做飯暖床搓澡，你不能這樣不管我。」

俞皓太擔心跟時燁分開，開口就胡亂拼湊他在各種電影上看到的把妹撩哥金句，完全不管合理性跟用在誰身上。

「……你說的？」時燁相當滿意，立刻接受這個賄賂。

「當然當然，山無陵、天地合，乃敢與君絕。」混亂的俞皓哪管自己說了什麼，點頭如搗蒜，只怕自己被丟包。去了異世界隻身一人一定馬上會死的，再怎麼樣也要隨身攜帶一隻精靈寶◯夢啊。

異世界冒險，要有神獸和妹子後宮。後宮要等穿越後才能慢慢收集，眼下先自備神獸，穿過去之後能過得輕鬆點。時燁寶◯夢就是主角必備的開局首抽啊！

時燁不知道俞皓的真實想法，腦中只盤算著該怎麼好好利用這傢伙的隨口胡謅。等等抓個機會讓他親筆簽名畫押，看他之後怎麼耍賴。

相比時燁、俞皓兩人的各種搞笑曖昧，前方江書恆、紀安辛就像是臨時被湊隊的成員，保持了一點距離，比起四周的恐怖造景，更在意彼此的一言一行。

「兩個狗男男，戀愛還這麼明目張膽，不怕我貼上學校社群。」紀安辛即使不回頭細聽後方竊竊私語，腦中還是出現他們打情罵俏的畫面。

「之前你不是還興致勃勃說人家怎樣，現在人家怎樣了，你又不高興了？」

「什麼怎樣怎樣，我聽不懂啦。」紀安辛有點煩躁，加快了點腳步，伸腳攪了攪地上錯落的小草叢，沒想到被他攪出了一個金光閃閃的東西出來。紀安辛蹲下身撿起來，「這什麼？」

「看起來是個音樂盒，打開來看看。」江書恆自然地蹲在他身邊，和他一起研究。那是一個做工繁複的珠寶盒，上面有著精緻的鎖孔，旁邊的發條扭幾下發出清脆的音樂聲，晃了一下裡面似乎有什麼東西。

「打不開，上鎖了。」紀安辛不爭氣地為突然拉近的距離緊張了一下。他唾棄自己對江書恆那張看了幾年的臉竟然還會心跳加速。

「叮咚！大會廣播！有人找到了重要道具『安生的音樂盒』，需要道具『生鏽的鑰匙』就能開啟，先開啟的隊伍可以獲得加權分數。」

「欸欸欸，我找到的音樂盒，不就是我的嗎？怎麼可以變成找到鑰匙的人呢！」紀安辛氣得大吼，「反正音樂盒在我手上，我藏起來看誰拿得到。」

「『安生的音樂盒』目前由三年級同學紀安辛持有，歡迎搶奪。」沒想到廣播彷佛聽到了他的挑釁，無時差地迅速廣播出去。
「哇靠！還有這樣的！全校廣播是吧⁉他怎麼知道這個東西在我這？」紀安辛頓時渾身發毛，抱著音樂盒左顧右盼。
「……那邊啦。」俞皓比了比牆角邊正在偷窺還一邊打字的學妹。
「難怪每個關卡都有人駐守，根本是人形監視器！」紀安辛宛如拿到燙手山芋，下意識把音樂盒扔給時燁。
「……」時燁還來不及反應，廣播就迅速地更新了情報。
「『安生的音樂盒』目前由三年級同學時燁持有，歡迎搶奪。」
「……幹麼丟給我。」時燁不喜歡引人注意，這下子被當庭廣播有點不開心。
「我們之中你最精壯，給你保管比較安心。」紀安辛說得理直氣壯。畢竟這個被搶奪的任務很棘手，就算跟江書恆有點矛盾，也不能推給對方，給時燁很合理。
時燁看看俞皓比自己略顯嬌小的身型、看看紀安辛瘦弱如猴子的身軀，最後看著江書恆練田徑的那雙粗壯大腿、捲起衣袖露出的結實二頭肌，毫不猶豫就想把音樂盒遞過去。他對這種麻煩事才沒有興趣，但這時俞皓開口了。

「確實時燁好像比較適合保管。時燁很細心的。」

「好吧，我保管。」

「我跟你說……」俞皓一臉嚴肅地向時燁招手，要對方蹲低身體，在他耳邊私語，「這種在現世很像燙手山芋的東西，穿越異世界之後都會有神奇的魔力，可能藏著外掛系統或是一本武功祕笈，你要收好不要被搶走。」

「……」時燁想自己應該要立刻把這個音樂盒丟在俞皓臉上，果然這傢伙的甜言蜜語都不能相信，腦袋裡到底都裝著什麼。

「時、時燁……」俞皓突然一臉愁眉苦臉，腳還扭來扭去，有些小少女的嬌羞模樣。

雖然剛剛對俞皓嫌棄萬分，但當對方皺著眉頭，被他一臉『很需要自己幫忙』的眼神注視時，時燁還是點頭立刻回應。

「怎麼了？哪裡不舒服嗎？」時燁的口氣見鬼的溫柔，伸手捏捏俞皓的眉心，關心地問道。

「快點走吧，不要在原地發呆了！我、我要尿出來了。」俞皓對時燁翻了個白眼，時燁濾鏡外的俞皓正尿急得跺腳，一點楚楚可憐的感覺都沒有。

「……」時燁覺得自己一定是哪根神經有問題才會喜歡上這種傢伙，根本自討苦吃，揉揉眼睛要自己看清楚現實。

這時，俞皓朝時燁伸出手，還握拳鬆掌地擺弄了幾下，時燁不明白，用冷淡的眼神詢問對方要幹麼。

「牽手啦。」俞皓雖然尿急，但還是怕黑怕鬼。反正時燁深知他的肉腳屬性，乾脆大方地展現給對方看，還得寸進尺地要對方保護。

本來想鬧脾氣的時燁被對方突如其來的要求甜了一把，頓時忘了幾秒前的決心，不動聲色地就拉過俞皓往前走。

學弟妹們看著四位學長的互動，覺得實在太精采了。連忙通報四人動向，要將這些鏡頭轉播給其他執勤的同學們知道。三年級的四大帥哥齊聚一堂，還各種曖昧互動，都不知道要看誰了呢。潛伏在各處的『食魚派』興奮地刷爆了社團的討論板，分分秒秒都有新糖吃啊。

第四章　智商高低不是遊戲重點，有沒有後門才是。

四人拖拉著終於抵達廁所，俞皓開心地解放完，覺得終於輕鬆了，他的小伎倆相當成功。

「怎麼那麼高興，廁所有什麼？」時燁看俞皓開心地跳步，很疑惑。

「喔，沒有啊。」俞皓敷衍時燁的問話，比比前方的教室，開朗地向三人揮手，「第四間教室在前面，我先進去啦。」

「欸——原來皓皓你騙我們來上廁所，其實是要我們陪你走到第四間教室啊！」紀安辛發現他的小計謀，氣得大喊。

「陪、陪什麼，我又不怕！只是剛好廁所在第四間教室隔壁啊～」達成了目的之後，俞皓說話很堅定。

時燁覺得一連串的事情顯現他根本是被沖昏頭的傻瓜，任由俞皓賣弄一些可愛，就被人擺布在手掌心了，而且還不是只玩弄他。

時燁沉下臉色，決定不理俞皓了。本來還擔心他一個人，結果這傢伙鬼靈精得很。

「皓皓你太卑鄙啦。」紀安辛還在原地叫囂，江書恆直接攬過他的肩膀，用俞皓聽得到的聲音說，「沒關係，等等皓皓還是要自己走回去的。」

俞皓本來扠腰大笑的得意瞬間冰凍，他看著幾乎被黑暗吞沒的時燁背影呼喚，「時燁大大，你等等結束來接我啦！」

「我不是怕黑啦，我只是不認識路。」俞皓對著只有一條路的走廊睜眼說瞎話，但時燁等人當作沒聽到，逕自往前走了。

「皓皓，那我們還賭不賭啊？」紀安辛回頭朝俞皓喊話。

「……賭，怎麼不賭。」天大地大面子最大。俞皓可是知道學弟妹正在監控著呢！他的一世英名怎麼可以毀於一旦，當下也不顧其他，腦熱就答應了。

紀安辛看著俞皓做死的模樣，決定不再給這個膽小鬼機會，甩頭就進了自己負責的教室。畢竟事關一頓請客賭約，他要趕快加緊搜索。

「唉唷唉唷，到底是誰提議玩這種遊戲的……這麼黑怎麼可能看得清楚啦。不是每間教室前面都應該有學弟妹嗎……這間怎麼沒有啊……」俞皓在恐懼之下變得更多話，嘟噥地摸著牆壁邊緣進入教室。

人多的時候還沒感覺，現在整間教室只有俞皓一個人，平常習慣的空間感頓時出現了落差，尤其是需要被探索的教室都把桌椅搬開，改放了一些古早家具。俞皓伸手摸過去還沾上了點灰塵，應該是把焚香的灰拿來利用了。難怪總感覺有一股味道，聞著這股味道像身在寺廟之中，為熟悉的空間增添了些異樣感。

俞皓在門口看著熟悉又陌生的教室，抖著手打開了手機的手電筒功能，終於讓整個空間明亮了些許，但局部範圍的照明卻讓無法照到的地方顯得更加陰暗，俞皓總覺得有什麼東西正在蠢蠢欲動。

「唉唷唉唷，我要去異世界了啦。」俞皓好像感受到了什麼召喚，連忙拿起手機想傳訊息給時燁，但要傳訊息就無法同時使用手電筒，搞得俞皓不知道該如何取捨，只能蜷縮在門口角落依靠外來微弱自然光，生怕什麼東西突然跑出來。

搜索？沒有人看到的地方不用逞強，俞皓已經完全放棄了賭約。畢竟在他心中，自己很快就要被抓去異世界成為勇者了，比起探險更應該趕快把他的坐騎召喚過來才是。

「求、求、你……你、弱、小、的、朋、友……」俞皓一邊碎碎念一邊打字，但只要手機一切換到打字系統，他就會渾身發毛，只好打幾個字停下切換手電筒模式，快速掃過全場，藉此威嚇不知名的生物不要靠近。

「晚上天都黑了怎麼搜索……誰幫我打個燈吧……」

俞皓自言自語說完的剎那，上方突然出現了照明。俞皓開心地打完了一串哀求給時煒，才後知後覺地想到……

這裡，只有他一個人。

「啊啊啊啊啊啊——！」俞皓背後就是牆壁，退無可退只能大叫表達心中恐懼。

來啦來啦！什麼東西終於來了！要抓他去異世界了！

他的視線從對方的軍靴、貼身軍褲、皮帶、筆挺軍裝快速地往上看，雖然逆光看不清楚，但熟悉的臉龐讓俞皓安心地呼出一口氣。

「……搞什麼啊，是正宇。」俞皓發現是熟悉的學弟，立刻收起了膽小的表情，換上跩跩的成熟學長模樣。

「嗯，是我。」嚴正宇點頭承認，手上還拿著手機為他照明。

「喔，你怎麼突然出現在這啊？」知道是熟人，還是自己的學弟，俞皓頓時勇敢了許多，站直了身子和學弟說話，雖然身高輸人，氣勢不能輸。俞皓打腫臉充胖子的習慣總是改不了。

「學長呼喚我，我就出現了。」嚴正宇依然言簡意賅地直球示好。

「喔，那你帶著什麼謎題要給我解嗎？」俞皓沒多思索學弟話中的涵義，他以為學弟也帶著什麼謎題而來，興奮地摸上對方想尋找謎題，「你的謎題呢？趕快交出來。」

「我就是謎題。」嚴正宇抓住俞皓胡亂摸的手，關掉手電筒，感覺學長因此朝他更靠近了一點，手正抓著他的衣服下襬，仰頭看他。

「正宇，你是不是穿得很帥？」俞皓摸到對方衣服，才發現嚴正宇的特別打扮，剛剛驚鴻一瞥只以為是鬼出現要來抓交替。

「嗯。」嚴正宇得到了稱讚揚起脣角。

「那你把手電筒打開吧，太黑了我看不清楚。」俞皓在學弟面前想裝出派頭，不能直接承認自己怕黑，只好拐彎達成目的。

「沒電了。」識破學長的伎倆，嚴正宇面不改色撒謊。

「剛剛不是還好好的嗎……」俞皓只得用自己的手機，「我的也快沒電啦！」燈光和熟人俱全，俞皓的膽子也回籠了，他看著眼前穿著日治時期軍裝打扮的嚴正宇思考。

「正宇啊，你剛剛說，你就是謎題吧？」俞皓撐著下巴，將燈光上上下下地掃過學弟。

「嗯，學長猜猜看吧。」嚴正宇看俞皓嚴肅思考的表情有些心癢，伸出手指一下一下地撫弄對方下巴。

「別妨礙我推理。」俞皓無情地拍開對方的手，絲毫忘了剛剛是誰抓著人家衣服不放的。

「看我的衣服，想想村子的事情。」嚴正宇給俞皓提示。

「嗯……我想到啦！」俞皓一個拍手，露出得意的笑容說道，「你知道答案，那直接跟我講吧。」

俞皓毫不掩飾的作弊行為，讓嚴正宇沉默了半晌。但看著對方頭歪了一點，朝上看著自己的臉蛋，露出不自知的撒嬌表情，嚴正宇很乾脆地點頭同意學長的提議。

「我有音樂盒的鑰匙。」嚴正宇從口袋中掏出一把鑰匙遞給俞皓。

「耶——拿到這麼大的線索，我哪裡還需要探索，直接獲勝啦！」

「嗯，打開音樂盒可以拿到更多線索，還有大加分，這樣學長可以換更多餐券。」

「哈哈哈哈，沒錯！我要成為餐券王者。」俞皓拿著鑰匙轉著玩，突然有些好奇問道，「不過本來要怎麼樣才能拿到鑰匙啊？」

「猜出我的身分。學長覺得我是誰？」

「你是我學弟，嚴正宇啊。」俞皓關掉燈光，邊對時燁傳送炫耀的訊息，一邊隨口回答。

「……學長真可愛。」嚴正宇濾鏡全開，心思直接脫口而出，想要多多吸引學長的注意，「我在遊戲中扮演的角色就是村外人。」

俞皓正忙著給時燁發一堆挑釁的表情符號，實在沒有專心聽他說什麼，直到聽了關鍵字才停下手，張大眼睛驚呼。

「你就是安生的姘頭啊！」俞皓興致來了，跟嚴正宇討論起來，「所以像雪一樣的安生，真的是個男生嗎？祕密儀式是什麼？」

「劇本是我們班上的女生寫的，我都知道答案。但學長問我劇情也不會得到更多分數，不如告訴學長藏祕密道具的地點吧？」

「你說得很有道理！」俞皓一臉讚許，操作起手機。

「學長想要知道什麼、學長什麼時候有需求，我都會第一時間出現，所以，請呼喚我吧。」嚴正宇看俞皓有事情第一時間總是找時燁，還抱怨對方已讀不回，忍不住開口。

「正宇你剛剛說什麼？」俞皓知道時燁在生氣，忙著傳訊息給對方，因此和嚴正宇說話老是分心。

「學長，你玩了遊戲有什麼感想。」嚴正宇有點沮喪，他所投出的直球總是被球員閃身而過，連揮棒機會都不給。

「感想？」俞皓想了想目前知道的情報，隨口回答，「覺得村子很詭異有什麼祕密，然後安生很倒楣。」

「那學長覺得安生跟村外人的事情呢？」

「嗯？喔，你是在給我提示啊？說起來那個村外人的身分還是個謎呢。」俞皓開心地放下手機。

「我扮演的就是那個村外人，他的身分是進來考察村子的軍官。」嚴正宇看俞皓終於放下手機，將目光專注在自己身上，恨不得把所有的祕密都跟學長分享。

「哇！原來如此，難怪你衣服跟其他人不一樣，那你也是鬼嗎？」俞皓審視著嚴正宇的一身打扮，托著下巴評語，「你好適合穿成這樣，很帥。」

「真的？」突如其來的稱讚讓嚴正宇頓時開心起來，壓低嗓子吞下快笑出來的笑聲，明知故問。

「嗯，你高啊，穿這種筆挺的軍裝很俐落好看。」俞皓不懂對方的心思，聽學弟問了就誠實地描述，手還好奇地東抓西撩對方的衣襬，「你的臉很端正，配上寸頭髮型又一臉嚴肅，還真的很像軍人耶。」

「可能就是因為這樣才挑我扮這個角色吧，不知道你穿上會是什麼模樣。」嚴正宇反握住俞皓的手。

俞皓覺得在這樣漆黑一片的教室中，和學弟握著手實在好奇怪，這種握法很像在握女朋友的感覺，他試著掙脫但嚴正宇卻握得緊緊的。

「怎、怎麼了？」俞皓有點不安，看著學弟的臉在微弱的燈光中，只剩下模糊的輪廓，要不是握著的手很有溫度，俞皓早就逃走了。

「我還滿開心的。我一直想和你有單獨的時間說話。」嚴正宇拉著俞皓的手，自以為深情實則機械音地開口。

「……說什麼？」俞皓覺得學弟怪怪的，被對方握著的手又溼又熱讓人覺得不舒服，再加上嚴正宇過度專注的眼神和四周的靜謐氣氛，俞皓第一次感覺這麼不自在。

「你能不能只看著我，不要管其他人。」嚴正宇拉著俞皓的雙手，懇切地請求。他希望自己的心意能夠被接收，但明著暗著說了對方都不懂，所以這次他選擇越過學長學弟的身分，希望能變成平等的關係，不因為年齡差距、班級距離而和敵手有了差別。

「……我現在只看著你啊。」俞皓的聲音有些不穩。

「第一次見到你，我就覺得與眾不同。小小的身子，怎麼能有這麼多的力量，光是看著你就能獲得勇氣。」嚴正宇想著同學傳授的撩妹戰術，努力地將自己的心情表達出來。

「……謝、謝謝你。」俞皓不知道該怎麼回答，顫抖著聲音擠出回應。

「我……喜歡——」嚴正宇覺得現在就是個絕佳時機，傾身向前貼著俞皓耳朵輕聲說。

叩叩。突兀的敲擊聲打破了兩人之間的奇妙氣氛。

俞皓轉頭看向聲音來源，時燁正臭著一張臉敲著玻璃窗，一臉不爽地仰著下巴睨視著他。但俞皓一點也不介意，發出了長長的嗚咽聲。

「時燁——嗚哇！」

俞皓甩開嚴正宇的手飛撲過去，難得的大動作選邊站讓時燁爽翻，也讓嚴正宇心碎。

原來這就是學長的回答……

「算你識相。」時燁雖然得了便宜，但還是要假裝生氣教訓一下俞皓。這傢伙還是知道誰對他比較重要的，不枉費他等不到俞皓的訊息，就衝過來接人。

「時、時燁！我跟你說好可怕喔！」俞皓淚汪汪地抓著時燁衣服扭絞，同時害怕地對他悄悄說著，「正宇——被鬼附身了啦！」

出乎意料的答案，讓時燁和嚴正宇同時愣住，剩下俞皓自以為小聲實際上一清二楚的哭訴。

「正宇跟我說話到一半好像被安生的姘頭附身了……」俞皓迅速躲到時燁身後，抓著時燁的後腰，探出頭觀察著在黑暗中看不清表情的學弟，絮絮叨叨地跟時燁分享，「他一直抓著我的手，然後還不叫我學長，怎麼看都有ㄍㄟ……」

俞皓感覺到嚴正宇的視線，不自覺越說越小聲，整個人縮回時燁身後不敢跟對方對視。

「快逃喔。」俞皓嚇得要死，根本不記得對方說了什麼，只想著不能激怒對方，以免鬼大爺生氣撕了他。俞皓沉浸在自己的誤會下，抓著時燁抱怨，「沒有穿越到異世界，但遇到ㄍㄟ，哪個比較慘……」

「……走吧。」時燁對於俞皓的烏龍又是無奈又是慶幸。他很清楚嚴正宇的心思與打算，平時已經盡量阻止對方和俞皓單獨相處，沒想到嚴正宇還是能逮到俞皓單獨行動的瞬間，只是深情款款的絕佳表白，卻硬是給俞皓搞成了一齣鬧劇。

時燁突然有點同情對方也煩惱自己的未來了……

「學長！」兩人正要轉身離開的瞬間，嚴正宇大聲呼喚俞皓。

聽到熟悉的呼喚，俞皓猜想學弟似乎恢復正常了就放膽回頭。

「我會等你，你來找我吧。安生的祕密、村外人的祕密，都在我的身上。」

「你現在告訴我不行嗎？」俞皓不解。

「……你要找到相關提示，我才能幫你。」學弟對於學長過度大方的作弊行為感到無言。

「說得也是。」俞皓看嚴正宇應答正常，又蹦到了他身邊，摸了幾把表示關心，「你現在感覺怎麼樣？身體狀況還好嗎？」

「嗯，沒事了。」

嚴正宇雖然很想糾正學長，安生的村外戀人只是創作，所以他不可能會被附身，但在這種氣氛下實在很難繼續剛才的話題，只好尷尬默認俞皓的誤會。

「喔喔，沒事就好。」俞皓在微弱的燈光下看著嚴正宇晦澀不明的表情，總感覺有哪些地方不對勁，一定是這裡有『那個』存在，還是趕快離開現場為妙，「那我們要繼續探險啦！我等等要去哪找你？」

「常存抱柱信，安生和村外人約定的地點。」嚴正宇看著俞皓不自在的表情，猜測起對方的心思，忍不住給對方一點刁難，「等等校舍關閉的時候，我就要移動到那裡了，學長來找我吧。」

「那在哪啊？」

「學長來找我吧。」嚴正宇拉起俞皓的手和自己打了勾。就像他總是不停在人群中尋找著俞皓，偶爾他也希望對方來尋找他。

「喔、喔，好啊。」本來還想要賴的俞皓被嚴正宇眼中的情緒牽引。對方看似面無表情，眼中卻散發著捕獵者的光芒，讓自覺被盯上的俞皓不自覺地後退了一步。

「走了。」時燁看不過去俞皓這番小動物被猛獸盯上的慫樣，一個伸手就攬住俞皓的肩膀，強制帶離開現場。

「學長別忘了，常存抱柱信。」嚴正宇知道時燁在，他無法更進一步，只能不甘心地提醒俞皓要來找他。

「你現在一臉蠢樣。」時燁看不慣俞皓為了別人魂不守舍的模樣，用力捏了他的臉頰要他清醒一點。

「蛤？」俞皓摸了摸自己生疼的臉頰，出了教室他才逐漸回神，「我覺得那個教室很詭異，它應該跟什麼空間融合了，正宇才會變得怪怪的！我是不是應該提醒正宇去收驚！」

時燁看著俞皓慌亂的一陣動作，再次為對方的粗線條讚嘆。到了這種程度的天然，實在是最完美的保護色呢。

「那你們在教室說了什麼？」時燁想嚴正宇應該還是會試圖傳達一些消息，不知道俞皓吸收到了多少。

「我忘了欸……」俞皓傳完訊息後，一臉茫然地看著時燁，「他被附身之後就拉著我的手說東說西的，我是不是應該要記住他說什麼啊？畢竟是安生姘頭說的話，可能有什麼隱藏線索在裡面！」

「……沒關係，應該不是什麼重要的事情。」時燁安慰他，心中再次感謝俞皓胡思亂想的能力，硬生生將嚴正宇的表白變成了被鬼附身。

「皓皓！你竟然叫時燁去接你，果然是個膽小鬼嘛！」紀安辛看到兩人身影，一邊跑過來一邊恥笑俞皓。

「嘿，我才沒有！是我跟時燁說我找到了很重要的線索，他就自己跑過來了。」俞皓知道時燁不會拆穿他，維持著一貫的逞強，大聲反駁。

「什麼東西那麼厲害？」紀安辛才不相信俞皓的藉口，時燁根本對這個活動一點興趣都沒有。

「欸……」俞皓歪著頭思考理由，突然想到了什麼，從口袋中掏出從學弟那邊得到的鑰匙，得意地邀功，「我找到了音樂盒的鑰匙啦。所以急忙要時燁帶著音樂盒來找我，才不是我害怕呢。」

「哇！這真的是重要線索，快打開啊。」紀安辛才不管他的藉口，對打開音樂盒躍躍欲試。

這時江書恆也加入了隊伍，四人會合後往校舍外移動。

「裡面裝著什麼呢？」人一多俞皓膽子就大了起來，哼著輕快的調子，開心地打開了音樂盒。

「一張紙？」紀安辛快手抽出朗讀：「『你說不知道自己的容身之處。而我向你宣示，從今天起我改了姓名只為你存在，成為你的立命之所。』」

「什麼意思？」俞皓不明白這張紙的含義，接過紙張後透著光想讀出點什麼其他涵義。「是不是要用火烤一下？」

「只是封情書而已。」江書恆撥開音樂盒中散落的寶石，掀開了夾層拿出了底下藏起的紙張，「這才是重點。」

「可惡，我應該要想到，這是很低等級的推理欸。」喜歡推理小說的江書恆在隊伍中常能解開重要謎團，於是俞皓默默將江書恆列為競爭對手，這次以為能揚眉吐氣了，卻被江書恆找到關鍵提示位置，讓俞皓氣得跺腳。

「這張紙好像是……平面圖？」江書恆絲毫沒有理睬俞皓的獨角戲，專心地推理，「所以安生把村莊的平面圖交給了村外人？利用情書掩蓋，其實是出賣了村莊的資料嗎？」

「安生幹麼要出賣村莊？」紀安辛無法理解。

「想逃走吧。」俞皓的超強想像力在這裡派上了用場，「要叫姘頭把他從村莊搞出去。」

「我覺得有道理。畢竟安生是世襲神代，為了生出白子神代被迫要與近親通婚，安生有了戀人一定不願意，那村子必然會處置他，所以他才會和村外戀人合謀逃出吧。」江書恆快速接受了這番想像，補完成更合理的推理。

「我找到的資料好像可以證實這個推論。」時熚默默拿出自己找到的資料，上頭記錄著村民看到安生和村外人的互動。兩人雖然低調的見面，但依然被村民們目擊，而且隨著時間推進，開始有激進的村民意圖囚禁安生，使他的行動遭到更嚴密的控制，無法再和村外人見面。

「我也找到了重要線索喔！」紀安辛拿出自己剛才找出的資料，「我這邊的資料是有個村民覺得安生很可憐，所以幫著安生和村外人碰面。不過裡面有件事情讓我覺得很介意欸，他們說必須承受儀式的安生太可憐了，到底是什麼儀式？」

「剛好我這邊的資料是跟儀式有關的。」江書恆找到的是村子家戶密藏的『無疾宗』入教規則，「安生最重要的工作除了神明代言人以外，村民努力換取勞動點數的目的是洗清罪惡，使用勞動點數就能將自己的罪惡移轉到安生身上，讓自己重新恢復成純潔的靈魂。」

「聽起來好荒謬喔？但還是不知道儀式是什麼。」紀安辛抓亂了自己的頭髮哀嘆，「怎麼搞得那麼複雜啊。」

「這樣才有破解的魅力。」江書恆很自然地將紀安辛抓亂的頭髮梳理好，並且用髮夾固定住，讓對方變得更加整齊，惹得紀安辛撇嘴抗議。

「喔～我想到，我剛剛遇到正宇，他扮演村外人的鬼魂。」俞皓後知後覺地想到應該要分享這件事情，「村外人穿著軍服喔！」

「皓皓！這麼重要的線索你怎麼不早說！」紀安辛撥開江書恆的手，激動地掐住俞皓的脖子，興奮地猜測，「村外人一定是假藉跟安生戀愛然後刺探『無疾宗』的祕密，利用安生取得村子的地圖，再帶兵來剿滅異教徒！才不是什麼戀愛關係，都是利用啊！」

比起戀愛故事更喜歡權謀鬥智劇情，紀安辛覺得自己一舉突破盲點，做出了全新層面的推理，本來對遊戲沒有什麼參與感的他突然投入了起來。

「也不是沒有這種可能。」江書恆看紀安辛突然亢奮覺得很有趣，毫不猶豫地附和對方。

「連村民都看不過去的儀式，可能是解答的關鍵。」時燁不知道為什麼很在意目前還是祕密的儀式。

「是不是鞭打安生啊？」紀安辛獲得認同變得興致勃勃，開始腦洞大開，「把安生當沙包痛毆之類的，抒發自己的情緒。」

「這樣也太可怕了吧！如果是真的，歷屆神代早就逃跑了吧，會有人一直願意被打嗎？」俞皓想像了一下覺得很痛，皺著鼻子質疑。

「也不是沒有這種案例，宗教控制人心舉動的例子還滿多的。」

四個人邊說邊往操場移動。晚上六點之後校舍會關閉探索，學生們要到操場集合，開始校園的夜間探索，晚上則直接在學校布置好的帳篷休息，相當有野外求生的感覺，讓三年級學生們大呼有趣。

「我們現在好像是第一名欸。」吃著學校提供的便當，俞皓得意地看著螢幕上的即時榜沾沾自喜。

「嗯，畢竟你作弊嘛。」時燁表情厭世地挑著自己不喜歡的菜給俞皓，學校的便當充滿他不吃的東西，讓時燁心情大壞。

「我、我哪有作弊！」俞皓看到紀安辛打量的目光，惱羞反駁。

「你對學妹使出了美男計嗎？還是……對學弟？」紀安辛停下扒飯的動作挑眉取笑他，期間江書恆自動將紀安辛不喜歡的食物揀入自己碗中。

「蛤？我才沒有，只是剛好得到線索而已。」俞皓看著江書恆的舉動，還有自己便當盒中成山的紅蘿蔔與青椒，起了教訓時燁的心，「你不要老是把不要吃的東西給我！」

「……可是不吃很浪費。」時燁看著俞皓，希望對方和之前一樣幫自己處理掉。

看著俞皓把討厭的蔬菜夾到自己眼前，時燁抗拒地撇開頭。

「你也知道很浪費吧，那你吃一口，我吃兩口。」俞皓存心欺負人，挾著胡蘿蔔絲逼近時燁，享受對方委屈的眼神。

「我不要吃。」時燁覺得煩，沉著聲音拒絕，直接把頭撇開。

「你不吃，我是會吃掉啦。只是……下週我就會因為吃太多胡蘿蔔，沒有力氣做點心了。」俞皓轉了下筷子送到自己嘴裡，撇著嘴角威脅道。

時燁撇開的頭瞬間轉回，不敢置信俞皓竟然這樣對待他。看著對方得意洋洋的表情，時燁再次理解先喜歡上的人比較吃虧這件事情。

「我吃。」時燁咬牙擠出聲音。他伸手握住俞皓的手腕轉了一圈，就著對方的筷子，將俞皓幾乎入口的紅蘿蔔絲塞入自己嘴裡，皺緊著一張臉，面無表情地看著俞皓，吃掉了他最討厭的蔬菜。

俞皓本來只是開玩笑想欺負一下時燁，沒想到時燁竟然吃掉了！看著對方面無表情但眼中幾乎冒出火花的樣子，俞皓有一種錯覺時燁懷恨吃掉的不是紅蘿蔔絲而是他的小命。

「哇、哇！時燁你好棒棒喔！」俞皓用一種安撫幼兒的口氣浮誇地稱讚著，但對方很明顯不買單，深怕自己遭受威脅，俞皓連忙拿出私藏的小點心賄賂，「要不要吃點點心啊。」

「你做的？」聽到有點心，時燁心情好轉了些，迅速地解開特別用蝴蝶結繫起的包裝袋，拿出餅乾打量著。

「嗯？有差嗎？」俞皓忙著清理時燁丟來的蔬菜。

「我吃得出來。」時燁懶洋洋地撐著身體，靠在俞皓身上打量著手上的餅乾。

「怎麼可能。」俞皓不相信，一邊整理便當盒一邊回嘴，「你是不是以為我做得比較難吃？大型料理就算了，這種小餅乾小蛋糕是難不倒我的。」

「我當然知道——」時燁直視著俞皓的眼睛，「那是有沒有愛的差別。」

時燁看似泰然地說出了讓他羞恥的話，忽視耳朵開始蔓延的燥熱，他維持著酷酷的表情盯著俞皓，對方張大了嘴一臉痴呆地看著他。

「你為什麼吃得出來我媽的愛？」俞皓疑惑，接著往前傾身貼著時燁附耳小聲問，「是因為之前變成狗吃出經驗了？」

「……」時燁將目光移往天空，惡狠狠地將餅乾塞到嘴裡。他突然同情起嚴正宇，什麼樣的人能夠屢屢避開直球攻勢呢？以前以為俞皓是神經粗，現在想應該是沒有內建神經吧。

對於這種傢伙，是不是要直接到當面說出口或是直接親下去才能夠將心情傳遞出去呢？時燁看著漆黑天空一片感慨。

俞皓的野生動物本能再次拉起警報，不知道為什麼感覺心慌慌的，他快速地起身整理好便當拿去丟，和時燁拉開一點距離，藉此保住小命。

「晚上的戰略是什麼？」從紀安辛的角度看起來，兩個人就是在花式秀恩愛，連忙將話題扯到活動上，以免閃瞎自己。

「學校剛剛透過廣播公布了目前的故事進度，讓那些沒收集完資料或是沒推理到正確方向的同學能夠跟上進度。晚上為了安全，可以搜索的範圍比較小，就是體育館、籃球場、思椿湖、植物園、禮拜堂、福利社。」江書恆快速地整理目前的進度。

「學校規定的活動時間根本不可能去這麼多地方啦。」紀安辛馬上舉手提出自己的意見，「去福利社好了，順便吃宵夜。」

「福利社晚上沒有營業，布置成鬼屋的福利社賣的東西你敢吃嗎？六個地方肯定都有線索，但我們手上最有利的情報，應該是正宇學弟提供的線索啊。」江書恆提出自己的建議。

「對對對！那個是我得到的重要情報呢。」俞皓連忙舉手邀功。

「正宇給我的線索是『常存抱柱信』，什麼意思啊？」國文很差的俞皓其實連這幾個字是哪個字都不知道，隨手將餅乾發給其他兩人，時燁看在餅乾不是俞皓製作的份上沒有多說什麼。

「嗯，這句是出自李白的《長干行》，多用在形容誓言的堅定。」時燁給國文小白痴俞皓科普，「這邊應該是指安生跟村外戀人做的約定之處。」

「那意思就是約在有柱子的地方吧。」紀安辛粗暴地分析出關鍵字，「可是每個地方都有柱子啊。」

「既然是解謎就不會只有字面上的訊息……抱柱信典出《莊子・盜跖》尾生與女子期於梁下，女子不來，水至不去，抱梁柱而死。」江書恆思考著相關的提示，

「典故有提到水，或許是思椿湖。」

「能不能說白話點？」紀安辛最討厭古文了，頭疼地抓亂了頭髮，隨口亂扯，「思春湖這名字感覺還滿有可能的，安生思春，哈哈哈哈哈。」

紀安辛的冷笑話只有俞皓欣賞，兩個人笑成一團，學渣們開始說著垃圾話，學霸們正努力地思考，試圖破解提示。

「有一個成語叫尾生抱柱就是出自這。尾生和女子有約，約在橋梁下，但直到河水漲潮淹沒約定之地，對方也沒來，但尾生堅持在原地等待，攀爬上柱等待，直到被河水淹沒而死。」時燁解釋，但俞皓沒有興趣，只顧著說垃圾話，氣得時燁捏了他臉頰一把。

「是傻子吧？他不會換個地方等嗎？」俞皓揉揉臉頰，疑惑地問。

「對啊，而且還爬上柱子等？柱子能抱多久，手沒力一定會掉下來淹死啊，是不是沒有腦。」紀安辛也跟著吐槽。

「……那不是重點。」江書恆打斷兩人重新引導話題，「我們不用管合理性，是要從中推敲出提示線索。」

「嗯，《長干行》還有後一句可能也有關係，『常存抱柱信，豈上望夫臺』。」時燁看俞皓一臉迷惑，嘆了氣自動補上解釋，「這句話是有點埋怨丈夫如果遵守著像尾生一樣的誠信，那她怎麼會上望夫臺無止盡地等待呢。」

「她幹麼不在家等？」俞皓聽完之後只有這個心得。

「對啊，在家等不是比較舒服嗎？古代人真的很奇怪。」紀安辛跟著發表心得。

「……這不是重點。所以時燁覺得是哪裡？」江書恆果斷放棄讓兩人加入討論，轉向時燁詢問。還是跟能聽懂人話的溝通吧！

「柱子、水、臺。有同時符合的地方嗎？」

「思春湖啦~有水！又符合安生思春。」紀安辛鍥而不捨地繼續說著他的冷笑話。

「是木字椿不是春……」江書恆覺得頭痛，只能忽視他的意見，逕自推理。

「我覺得植物園很有可能，有透天溫室、有人工河流，還有可以稱作臺的石椅？這樣是否符合剛剛整理的三個關鍵？」

「禮拜堂也符合？」時燁提出另外一個地點。

「確實，有石桌椅可以當臺、碩大的石柱，還有生態池。」江書恆思考著。

「你說的思春湖都有啊！」紀安辛堅持自己的想法。

「我覺得禮拜堂比較有可能。」江書恆思考著。

「……你們太遜了！」俞皓突然扠腰大聲地說，「我知道正確答案。」

「是什麼？」紀安辛好奇發問，想知道俞皓的推理。

俞皓從容自若地在大家的目光下，拿出手機。

「你又要Google喔？哪可能查得到啊。」紀安辛猜測俞皓的動作。

「聽說有人在學校討論版交換情報，但我們掌握的線索是獨家的，如果把我們的線索曝光出去，會增加競爭者吧。」江書恆以為俞皓想要尋求外援，連忙阻止。

「……他是要打電話。」時燁知道俞皓個性，無奈地回答。

「喂，正宇喔。」俞皓毫不猶豫地直接撥打電話給當事人，「你人在哪裡？思椿湖喔？好，我馬上過去！你先去躲起來，不能在我到之前被找到喔。」

「……」紀安辛和江書恆頓時理解時燁的感受，從來沒看過作弊還這麼光明正大的人啊！

第五章　戀愛的升溫，需要情敵。或是情敵的情敵。

思椿湖位在校園深處，一路上有許多扮成幽魂的學弟妹四處遊蕩，在幽暗夜色中更顯恐怖，把俞皓嚇得牙齒打顫，頻頻找藉口放棄去找嚴正宇，還是紀安辛推拉著，才肯跟著眾人穿越幽暗小路走到了思椿湖區。

俞皓和嚴正宇約在思椿湖區的涼亭中，紀安辛稱之為「思春臺」的地方，遠遠地就看到穿著日據時代軍裝的高眺男子在亭子中間佇立。

「……你們有沒有看到？」俞皓抓著時煒的後腰，將對方當盾牌一般推進。

「看到什麼？嚴正宇嗎？都約好了，當然會看到他啊。」紀安辛疑惑。

「不、不是，他身邊還有一個白白的……」俞皓停住腳步瞇著眼睛想看清楚，嚴正宇身邊似乎有團白色人影。

「欸，真的有欸！」紀安辛也看到了，興奮地加快腳步想要一探究竟。

俞皓看紀安辛快步跑到涼亭之後，對他招手，心中的悚然感更劇烈。

「紀安辛是不是被抓交替了！」俞皓低聲在時燁身後嘟噥著，腳步怎麼樣都無法前進，之後連江書恆也走到了涼亭位置，對俞皓招手。四個人在距離一百公尺的地方，看不清臉部表情，排排站對他招手的畫面讓俞皓怎麼看怎麼詭異。

「……不想過去了？」時燁知道那四個人在逗著俞皓玩，看俞皓把腦袋縮在他後腰頂著的畫面，覺得可愛的不得了。

「不想。」在時燁面前就不逞強，俞皓從他身後冒出半個頭可憐兮兮地看著時燁。

「那就走吧。」對俞皓向來嘴硬心軟，時燁不顧其他兩人直接拉著俞皓轉身，紀安辛見狀連忙跑過來攔住。

「咦，皓皓你怎麼不過來？」紀安辛疑惑。

「……我想尿尿。」在別人面前不能慫，俞皓隨便找了個藉口。

「你怎麼一直要尿尿，晚點再尿啦！懶人屎尿多欸。」紀安辛絲毫沒有同情心，一把抓住俞皓拖到涼亭前方。

「學長。」嚴正宇站在臺階上，直勾勾地看著俞皓。

俞皓瞇起眼睛環視了對方一圈，學弟看起來沒有被附身，而剛才把自己嚇得半死的白影，只是一個穿著白色衣服的女生，根本沒要扮鬼的意思，終於放下心來。

「正宇，我好不容易找到了線索，你快點把答案跟我們分享吧。」俞皓略過自己打電話詢問的真相，一心想趕快離開學校深處的清幽庭院。還是人多多的廣場比較合適他。

嚴正宇看著眾人還有一旁監視著的女同學，知道眼下情況，無奈地拿出手機照本宣科背誦臺詞。

「取得資料後，我率領軍隊肅清這座邪教之村，並和安生約定丑時一刻在此處碰面，但安生遲遲不至，我心中既有抱柱之信又怎麼可能離開。沒想到不知道被誰從背後刺殺身亡，這就是我的故事。」

「少年，你可有看到安生？」最後一句話，嚴正宇不用看提示，對著俞皓說著，過度的注視讓俞皓毛骨悚然引發過度想像。

「欸，時燁，正宇是不是又被附身了，他整個人好不對勁，根本就像是那個姘頭軍官。」俞皓連忙躲到時燁身後竊竊私語。

「拜託，皓皓！這個故事根本虛構的，哪來的附身。而且你家學弟除了打扮得有點模樣，連說話都要看臺詞，哪裡像被鬼附身了。」紀安辛離得近聽到了，爆笑出聲吐槽。

「啊！對，這個故事是虛構的啊。」俞皓恍然大悟。

「……」眾人忍不住滿頭黑線，決定和一旁監督的學妹一起完成關卡挑戰。為了解謎，江書恆把時燁拉走。時燁看著俞皓，想了半晌終究是沒有留下，雖然心情非常不好。

「學長。」嚴正宇率先坐在石階上，拍拍地面要俞皓也著坐下。

俞皓乖乖坐下，和嚴正宇挨著肩膀，看著稍遠的眾人正圍繞著女同學解題。

「這關題目是什麼啊？」俞皓好奇。

「6÷2（1+2）是多少？」嚴正宇總是會給俞皓直接的答案。

「喔。」俞皓在心底算了一下，「是1嗎？」

「如果學長的朋友回答1，那正確答案就會變成9。」嚴正宇老實地回答，「如果回答9，答案就會變成1。」

「嗯？是嗎？答案應該只有一個吧。」俞皓聽不懂。

「這題有爭議，哪一個答案都有人堅持。」嚴正宇看著前方正在進行辯論的眾人，為同學的計畫點了個讚。

「那為什麼要出有爭議的題目？」

「為了讓我找到時機跟你說話。」嚴正宇側頭看向俞皓。

「我們什麼時候都能講話啊？」俞皓看著學弟認真的眼神，依然無法理解對方每一個注視的含義。

「我喜歡學長。一直以來只想說這句話。」看著對方突然驚愕的表情，嚴正宇毫不猶豫地說出在心中醞釀多時的表白。

「……是什麼意思？」俞皓沒有迴避對方的眼神，很謹慎地詢問確認。

「——這次學長和之前的態度不同。所以學長已經能理解，同性之間也可能存有『喜歡』，不一定就是絕緣關係。」

嚴正宇有些懊惱。俞皓的遲鈍一度是他安慰自己不需過度處理時爍的安慰劑之一，但當俞皓開竅時，他的危機感就攀升了。與其說希望自己得到回應，他只希望能加入戰局就好。

「嗯……」俞皓不知道該怎麼反應，學弟的感情是他從來沒有意識到的事情，被正面提醒後，他突然想通種種過去的相處點滴，都是他沒有深思過的層面。然而即使現在開始思考了，也無法有答案。

「我沒有希望學長回答我，只是希望被知道。」嚴正宇看出對方的尷尬，起身拍拍褲子準備離開讓他獨處，「如果學長可以不排斥我依然靠近你，對我來說是最好的情況。」

「好……」俞皓腦袋來不及運轉，只能附和。

俞皓望著嚴正宇加入眾人討論，他獨自縮在階梯上，抱頭哀號。這到底都是怎麼一回事啊？

「學長。」屬於少女的嬌甜聲音在俞皓身邊響起。

俞皓看著不知道什麼時候坐在身側的學妹，對方有著一頭微捲的長髮和精緻的妝容，略微嚴肅的表情看來有些距離感。

「學長，我是正宇的同學。」學妹點點頭，高傲地打招呼。

「呃，妳好？」感受到對方來勢洶洶，俞皓不自覺地後退了一點。

「希望學長不要討厭正宇。」一開頭，學妹就氣勢十足地提出像是命令的請求，俞皓愣愣地看著對方，不知道要怎麼回應。

「整個活動是我策劃的，包括角色設計、劇情安排、你們見面的橋段，還有正宇的告白，都是我安排好的，如果學長有意見，請討厭我不要討厭正宇。」學妹神情激動，像是倒豆子一樣，說了一堆俞皓無法理解的內容。

「正宇該不會什麼都沒說吧？」學妹看著俞皓一頭霧水的模樣，瞬間恍然大悟。

「？」

「可惡，正宇為什麼沒按照排練好的來……唉算了，既然我都說出來了，那就繼續吧。」學妹低頭嘖了一聲。

「這次的校慶活動是我一手策劃的，從故事的發想到環節的設計，都是我為了讓正宇有機會表白安排的。安生的故事也是，想要讓學長正視同性感情的存在，所以給了正宇這樣的角色。」

學妹劈里啪啦講著自己的想法，俞皓呆滯地看著他，實在不知道該怎麼回應。

「有必要搞成這種規模嗎？」訊息量太高，混亂的俞皓唯一心得只有如此。

「……學長，這是你唯一想知道的嗎？」學妹以為自己這麼龐大的計畫會觸動對方，但很顯然對方並不是這樣想的。但學妹不願意輕易放棄，幹勁滿滿地說服，「我還特別寫了臺詞給正宇，要他好好說明自己的感情讓學長理解，沒想到這孩子竟然辜負我的心意。」

「為什麼要寫臺詞？」

「學長為什麼老是扯開話題！你應該要體會我們的用心，然後為正宇的心意感動啊！」

「我不知道為什麼要感動。」俞皓攤手，「正宇本人沒有跟我說這些，代表他不認為我需要知道。」

「學長，你不應該把別人的心意當作理所當然。」

「這句話很有道理呢。所以妳也不應該代替別人說出他的心意吧？」俞皓難得強硬而清楚地表達他的不滿，「擅自安排又擅自想像我應該怎麼回答，我們不是劇本裡的角色。」

學妹顯然也沒想到平常看來溫和傻氣的學長，會有這樣強硬的一面，頓時說不出話來。

「我們確實很享受這場遊戲，但妳現在告訴我，這只是妳為了給正宇製造機會而規劃的。規模很大，讓人不舒服，我不會因此感動，反而覺得不愉快。」

「學長應該要很感動啊……」

「正宇清楚又簡短的把自己的心情告訴我，代表這就是他希望表達的全部。妳不應該代替他本人表達他選擇不說出口的部分。」

「我只是覺得正宇太被動，所以才會想幫忙啊。」學妹覺得自己心意遭受曲解，委屈地哭了起來。

「……別、別哭啊。」俞皓瞬間被學妹的眼淚擊敗，手腳一軟無法維持嚴肅的氣勢，慌亂地搖手。

「學長的時間總是被時燁學長獨占，這樣很不公平嘛。」學妹看俞皓吃軟不吃硬，連忙改變戰略，楚楚可憐地柔聲抗議，「我知道我代替正宇說這麼多不對，可是他什麼都不說讓我很憂慮啊。身為朋友很擔心嘛！學長，我這樣很糟糕嗎？」

「也沒有啦！妳也是一番好意！」俞皓不擅長應對女生，看對方含著眼淚的樣子就想到小學的時候，媽媽交代的『女生是水做的』、『不能欺負女生』、『男生溫柔體貼』等守則，連忙順著對方的附和。

「學長會多多給正宇相處的機會嗎？雖然時燁學長很辛苦，可是感情應該是公平競爭的吧？」學妹看計畫奏效，連忙發揮可憐兮兮的演技。

「呃……這跟時燁有什麼關係？」俞皓覺得這個女生跟自己媽媽一個模子似的，眼淚收放自如不說，想像力也是驚人的雷同。

「時燁學長占據了俞皓學長很多的時間。學長都沒有機會好好了解正宇，這是一件很可惜的事情！」學妹歪著頭，設法讓自己看起來誠懇又委屈。

「我、我知道了，我會再好好地思考的，你們給我點時間嘛！我也才剛剛知道這件事情耶！」俞皓拿學妹沒轍，不自覺學起學妹歪著頭合掌的動作。

「學長真的很可愛啊……」學妹小小聲地感慨，自己人工的可愛似乎輸了。

「嗯？」

「沒事！」學妹拍拍臉頰，站起身又是氣勢十足的樣子，「學長，雖然我確實想要藉著遊戲幫正宇扭轉劣勢，但我對這個故事與校慶的規劃都是真心的，請學長好好享受吧。」

「……學妹，我可以問妳一個問題嗎？」俞皓跟著站起身，一臉正色。

「學長請說。」

「妳爸是校長嗎？」俞皓終於問出自己想問的問題。畢竟這麼大的活動，規模和資金都是歷代級的，沒有一點背景是做不到的吧？

「……不是。家父只是學生家長代表理事，能做到這樣的規模是因為我拉到了贊助。」

「原來有贊助啊，難怪這麼龐大，學妹好厲害！」俞皓表示理解，能夠拉到這麼大的贊助，一定很有能力。

「贊助來源正是家母。」學妹回頭露出燦爛的微笑。

「……原來如此。」要權有權要財有財，這可惡的資本社會！

俞皓暗自嘖了一聲，也起身往眾人的方向移動。

由於問題存在著爭議，四人耗費了許多時間爭論。學妹看目的達成後，帥氣地揮手表示送分通過，臉色改變之快，讓江書恆和紀安辛一頭霧水。

嚴正宇走到俞皓身邊蹲低身體，一語不發地看著對方。俞皓嘆了一口氣，用力地將他的頭髮揉亂，還拍了兩下。

時燁見俞皓和嚴正宇看似形色如常的互動，想探問的心情竄上竄下，最終他保持沉默，跟著其他三人離開了思椿湖。

「題目有爭議還跟我們拖拖拉拉這麼久！」紀安辛生氣地抱怨，另一手將線索提示從紙袋抽出。

「我感覺是故意的。」江書恆看了一眼俞皓。

「我看看喔！這個提示是一本日記呢！」

發現了對方的眼神，俞皓很不自然又大聲嚷嚷，快速拿過紀安辛手上的日記本朗讀。

『每週日是信徒們來參拜的日子，我們總是上下忙碌著，要排序那些用勞動點數來參拜的信徒們，他們努力了好幾個星期才能兌換到入內覲見安生大人的機會。真是羨慕啊，安生大人會替他們洗去罪惡，成為全新的人。』

「喔？看起來是神廟內部的服侍者寫的日記呢！」俞皓讀著有了些預感，拉高聲音興致勃勃地繼續念道。

『本來卑微的我是沒有資格近距離侍奉安生大人的，但因為突然有人病倒，我就被召進去替補，原以為是天大的幸運，但我現在寧願沒有這天。

『安生大人的祝祀竟然是這種形式，實在太汙穢了！目睹一切的我再也無法脫身，每日看著安生大人純真的笑臉，實在無法忍心告訴他祝祀代表的意義其實……

唉，安生大人被保護得太好，自己做了什麼都不知道啊。

『村子來了外面政府的軍官，說是例行檢查。我想著如果把這裡的事情告訴軍官，安生大人能不能得救呢？

『軍官大人在神祀大人的安排下與安生大人碰了面，出乎意料，他們兩人相戀了。安生大人的笑容是這麼快樂，於是我常常幫著安生大人偷偷和軍官大人相見，這是我唯一能幫助安生大人的事情了。希望安生大人能夠有一點快樂，只是安生大人看起來卻越來越憂鬱了，這是為什麼呢？

『村民們發現了這個祕密，打算囚禁安生大人。安生大人求我幫他逃出村子，我替他們傳遞信件與收集村子違法的證據。

『軍官大人要求我收集的資料讓我心驚，我交出了村子的平面圖、各種私售交易行為等證據，我知道自己正在背叛村子，這很痛苦，但我要堅強一點，畢竟安生大人的痛苦在我之上啊。

『軍官大人說他會製造混亂將安生大人帶走……結果他帶來的是遷村的命令！沒想到、沒想到，我想幫助安生大人卻毀了我的家園……該被處罰的是那些玷汙安生大人的神祀們，不是我們啊！

『軍官大人是在利用我們嗎？

『欺騙了安生大人的感情，讓我們交出了機密的資料，利用完之後就是兔死狗烹嗎!?無恥之徒啊……丑時一刻，等著你的，會是我的復仇之刃！』

眾人一起看完了這本日記，紀安辛第一個回過神，大聲歡呼，「我猜中啦！果然是愛情騙局啊！」

「好像是這樣呢。」俞皓用力點頭，雖然他覺得軍官大人是真心的。

「所以安生沒來，是不知道時間地點吧？接著姘頭就被人刺殺了。」之前的成功讓紀安辛迷上了推理，他興奮地繼續推測。

「這部分沒說明，或者還需要更多資料。」江書恆不屬於想像派，覺得應該要找更多證據才能篤定，「我看了收集率現在是86％，明天還有一天可以補完細節。我們掌握了這麼關鍵的情報，完美達標應該不是問題。」

「有問題就叫皓皓打電話啊。打給正宇問一下提示嘛！」紀安辛攬過俞皓的肩膀。

「剩下一點進度，我們先自己試著解解看吧。」提到嚴正宇的名字，俞皓不自然地抖了下，尷尬地抓抓耳朵當作沒聽到，這一切都被時燁看在眼裡。

「嗯！明天再來解題吧。」紀安辛撩撩頭髮，打了個呵欠，想要回去帳篷休息了。

「其實時間也滿晚了，該準備洗澡睡覺了。不趕快去排隊，不知道要幾點才能洗澡。」

「嗯？才八點欸？」俞皓看看手錶。

「喔，我固定九點睡。」紀安辛疲倦地打了呵欠。

「也太早了吧！」俞皓驚訝。這個時間不是剛吃飽要來打遊戲的時間嗎？

「我五點就起來讀書了，撐到九點已經是極限。」

「沒事，校慶不用五點起來，今天可以稍微熬夜。」江書恆摸摸紀安辛的頭，自動過去給他當靠柱。

「太好了！那等等來玩牌吧！還要吃宵夜！」紀安辛立刻有了精神，雙手高舉慶賀。

「時、時燁，你不覺得江書恆根本是軍事訓練嗎？」俞皓看著兩人的互動，害怕地抓了時燁的衣服下襬，輕聲八卦，「太變態了！紀安辛怎麼都不反抗，好聽話。要我九點睡五點起來，我一定做不到。」

「……我覺得挺好的。」時燁冷著臉看著眼前這個藏有祕密的討厭鬼。只見俞皓一臉嘻皮笑臉，絲毫不懂他心中的糾結，時燁心中惱怒，挑眉對俞皓說，「明天開始，我們也五點起來念書吧。」

「……才不要！這個玩笑不好笑喔。」俞皓瞪大眼睛，像看到了鬼一樣。

「我有很多方法讓你起來。」

「幹麼啦！幹麼啦──你又在生什麼氣？」

「沒有。」時燁搖頭否認，「我只是覺得你過太爽，應該幫你媽媽監督你讀書，這樣或許能跟我考上同一間大學。」

「怎麼可能！你是不是被江書恆洗腦了！」俞皓著急地搖晃著時燁的手臂，「我重新投胎也考不上啦。」

「那就四點起來。」時燁拉著無尾熊般四腳纏著自己的俞皓，冷酷地將時間又提前了一個小時。

「你、你以為我跟安安一樣蠢嗎？我不早起不讀書不早睡，怎麼樣！」

「……我會舔你。」時燁靠近俞皓二十公分的距離，伸出舌頭舔了一下嘴角，刻意壓低聲音撩撥對方，「從後頸到耳朵、從脊椎到蝴蝶骨，最後停在這。」時燁點了點俞皓的嘴角。

「什麼鬼！你想幹麼！」俞皓被撩得全身發紅，連忙跳離對方一公尺距離，雙手遮住嘴低吼。

「我用蛇的型態舔遍你。」時燁冷冷地又勾起了笑容，「我就不相信這樣你還睡得著。」

「哇靠，你也太噁心了！」俞皓所有的綺想都變成了冷汗，但心中升起的那點異樣也就淡了。剛剛腦中為什麼會這麼具體地想像出時燁親吻自己的畫面呢!?

俞皓跳上跳下的揮手，想要把莫名出現在腦海中的畫面揮散。

第六章　意外總是在最平靜的時候降臨。

四人刷牙洗臉完畢後，回到了分配的帳篷，在紀安辛指定俞皓同寢，時燁也抓著不放的情況下，變成了四人擠一間的場面。幸好江書恆運用權力，挑了一座家庭號的寬帳篷才解決了這個問題。

俞皓忍不住思考，自己是不是桃花期來了？怎麼這麼多人搶著要和他一起呢？只是這桃花期怎麼都是男的呢？

奔波了一整天，又玩牌玩到半夜，俞皓等人很迅速地陷入了深層睡眠中，以至於意外突襲時，眾人絲毫沒有反應能力。

「快！說誰是時華！」酣睡間，一道陌生男音突然大聲炸出。

「誰……在叫？」俞皓揉揉眼睛想坐起身來看是哪個無聊人士擾人清夢。

「說是長得特別帥那個，靠！看起來長得都跟我差不多啊!?」另一道較尖細的聲音跟著嚷嚷。

「那就都帶回去吧！」最後的聲音混著刺鼻的味道襲來，俞皓還沒回過神來又再次昏了過去。

等到俞皓醒來的時候，頭昏腦脹非常不舒服，想要伸展四肢卻無法如願，緊繃的感覺讓他困惑。他費力地睜開惺忪的眼睛，只看見一片漆黑。

「唔？」俞皓睜開了眼睛，想起身頭就撞到了頂，人跟著不受控地滾了兩圈，撞到了什麼軟軟的東西還哼了兩聲，他才發現自己被人五花大綁了。

「我們在哪啊……怎麼那麼黑？」被俞皓撞到的紀安辛也醒了，哼了兩聲。

「我們被綁架了。」有經驗的時燁低聲回答。

「我們現在是被關在後車箱吧，還好空間還滿大的。」江書恆也清醒過來，在一片黑暗中試著找到紀安辛，「安安有沒有受傷？」

「沒事，就是頭昏了點！」這種時刻紀安辛早就忘了自己要拉開距離，順著江書恆的聲音靠近他，著急地互相確認安危，「到底怎麼回事啊？綁架我們幹麼？我家很窮，付不出贖金的。」

「應該是為了我，抱歉，連累你們了。」時燁悶聲道歉。

「變態科學家來抓你了嗎!?」俞皓當然幻想過無數種時燁遇到的危險，時燁剛說綁架兩個關鍵字，就能開啟俞皓腦中第一百二十號的幻想情節。

「……不知道。」時燁不知道應該讚賞俞皓這種時候還是大開的腦洞，還是該斥責他這種時候還這麼腦殘，但確實因為有俞皓的胡言亂語，讓他恢復了點理智，從焦慮中冷靜下來。

「如果是衝著時燁來的，那是不是知道了那個祕密？」江書恆即使手腳被綁住了，也設法靠向紀安辛。

黑暗之中，紀安辛的慌亂被江書恆的靠近撫平了，這些日子的彆扭，在這一刻似乎都不重要了，紀安辛默默把眼淚擦在對方肩膀上，輕輕靠著。

他需要並渴望江書恆，這才是心底最真實的感受。

看不見彼此只剩下體溫確認存在，黑暗中心底的脆弱都被激發，俞皓受不了這樣不安的環境，不顧時燁的下巴在他頭頂轉來轉去的，只顧絞盡腦汁想怎麼脫困。

「時燁……」俞皓輕聲呼喚，聲音有些不安。

「嗯？」看人家一片溫馨，時燁忍不住也想靠近俞皓來一番心靈交流，這下俞皓終於呼喚他，連忙回應，「不要怕，我在呢。」

「嗯……你可以變成螺絲起子嗎？」

「……不能。」

「欸，如果可以的話我們就能脫困了。」

「靠哈哈哈哈哈！皓皓太蠢了。」密閉空間紀安辛聽得一清二楚，忍不住爆笑吐槽，「變成螺絲起子要幹麼！我們被鎖在後車箱，螺絲起子有用嗎？變成鑰匙是不是比較有用。」

「我只能變成動物……你們等等。」

隨著一陣窸窸窣窣的聲音，俞皓發覺自己身後的繩結被解開了。

「啊，對吼！時燁變成動物就可以幫我們解開繩索了。」俞皓開心地動動自己長時間被束縛的手腕和腳踝，伸手去摸摸小動物，卻只摸到一地的衣服和溫熱的肌膚。

「別亂摸。」時燁在幫其他兩人解開繩索時被俞皓摸了一把，還偏偏摸在他大腿上，害他忍不住打了個顫。

「欸，你怎麼變回人形了！」俞皓也知道自己摸到了敏感的地方，紅了臉嘖了一聲，「變回人形就要穿回衣服啊！你變態嗎？」

「……用人形解開繩索比較快。」時燁才不管這傢伙，迅速地幫另外兩人解開繩索，才套上衣服。

「謝啦，還真是方便。」紀安辛能夠活動後，心裡的那絲怯弱也平息了，跪直身體開始研究逃出的可能。

無奈四周是封閉的空間，除了從外上鎖之處沒有能夠拉開的地方。手機等通訊設備都沒在身上，畢竟不是拍電影，四個普通人在行進不停的車廂後找不到逃出的方法。

「等等時燁能不能變成攻擊型動物？車門打開的瞬間攻擊對方，然後我們伺機把車搶過來！再開車離開！」紀安辛愁眉苦臉了幾分鐘後，想到了某某電影大片的橋段。

「誰會開車？」江書恆詢問，結果未滿十八歲的四人都搖了頭。

電影中的情節都無法參考，集思廣益仍是沒有好主意，而這時車子行駛速度漸緩，似乎是抵達了目的地。

「你們等等見機行事，能拖延一點時間就好。」時燁見狀匆匆交代，迅速變身成黑豹，讓第一次親眼見到時燁變身的紀江兩人目瞪口呆，錯過了車門打開、黑豹撲出的瞬間，等到反應過來才連忙爬出車廂。

俞皓跑出車門的時間和時燁分毫不差，但俞皓戰鬥力薄弱，無法制住成年男子反而被對方捉住。等到紀安辛和江書恆兩人反應過來，已經和俞皓一起被人捉住成人質。

時燁黑豹見狀嘖了一聲，放棄了爪下的獵物，趁著夜色飛竄逃入了遠處的草叢中，再變成黃金鼠回到俞皓腳邊，從褲管爬到他的衣服裡躲起來，深夜掩飾了他一連串的行動。

「X！這群臭小子！」被襲擊倒地的高壯綁匪A吐了幾口口水，走過去一腳將被制伏的江書恆踢倒在地，「是不是逃了一個？」

「我沒看到第四個小子，剛剛怎麼混了隻狗進來？」另一名綁匪B重新捆住三人，不能理解怎麼多了隻狗。

「你們誰是時華？」綁匪C踩著紀安辛的腹部問。

「……是我！」俞皓咬牙頂替。萬一被他們發現時燁根本不在就死定了，這個綁匪連名字都念錯，應該根本不知道時燁是誰吧。

「一定不是你！資料上說時燁是帥哥。」綁匪不留情地否認了。

俞皓瞪大眼睛，一口血都要噴出去了！什麼叫是帥哥一定不是你？媽媽可是說我們家皓皓是傑尼斯系小帥哥呢！

「我覺得是這個。」壯碩的綁匪A拍了拍江書恆的胸口，結實的胸肌和壯實的身材才符合他的審美觀。

「是這個吧？」聲音較細的綁匪B看了一下紀安辛的臉，輕佻地摸了兩把，「日本奶油小帥哥的臉。」

「嗯，是我。」江書恆語調平靜地將焦點轉移到自己身上。

「是我啦！還有那個字念『夜』，不是『華』好不好！」紀安辛怕對方對江書恆不利，連忙跟著出聲。

「X！少囉唆！」綁匪C惱羞成怒，抬腳就把紀安辛踹倒在地。

江書恆看紀安辛被踹了，一個激動就撲上前攻擊綁匪C，他的身型高大，和成年男子槓上絲毫不顯弱勢，反而是對方落了下風。

綁匪C體型瘦小，被輕易制住打了好幾拳，還被同夥袖手旁觀嘲笑，一個生火就從口袋掏出折疊小刀捅了上去。

「江書恆——！」紀安辛沒想到對方竟然會拿出武器，嚇得大叫，和俞皓跑到江書恆身邊檢視。

「X！小子你們再跩啊！以為大人好唬弄嗎？」綁匪C往路邊啐了一口口水，得意洋洋地嘲笑他們，還揮舞了帶血的刀子幾下。

「靠，你幹麼弄出血啊。這樣處理起來很麻煩，還會留下痕跡。」綁匪B不爽。

「你們、你們綁架就算了，有必要這樣嗎！」俞皓雖然害怕地顫抖，還是忍不住斥責對方。

「給你們一點教訓，等等都乖一點。我們拿到錢如果心情爽就放了你們，不爽就宰了你們。」綁匪A等人根本不在乎江書恆肚子上冒血的傷口，拉扯著三人進了別墅中。

俞皓看著四周，不安與恐懼急速上升。他們不知覺中被載進了深山裡的獨棟別墅，四周沒有人煙，即使大聲呼喊肯定也沒有人能聽得到，到底是什麼樣的人要綁架時燁到這種地方？

「啾啾！（我已經通知家族的人了。）」時燁抓著俞皓腰間的衣服藏好，感受到對方不住地顫抖，小聲地通知他。

「好、好喔。」俞皓的心稍稍安定下來，吞嚥著口水，被綁匪推著往前進。

綁匪B在別墅的鐵門前按了門鈴，門過了一下自動地打開了。綁匪三人推著俞皓三人往前，紀安辛和俞皓攙扶著江書恆前進，對方臉色蒼白地捂著自己的腰窩處，鮮血把衣服染成一片，把紀安辛嚇得要死。

別墅大門後是一座庭院，但顯然無人照料，只見一片蔓草，走了十多分鐘，才終於進到屋子的玄關。灰撲撲的六人站在大廳看著一道身影從扶梯處快步下樓。

「人帶來了嗎？」說話的男子清瘦高眺，從樓上看著三名學生高聲詢問著。

「是的。」綁匪們收起了草根流氓的態度，變得相當恭順有禮貌，「由於目標和朋友在一起，就都帶來了。請雇主看一下。」

天生帶著一股冷漠，高瘦的男子戴起眼鏡，一一審視了眼前的三名學生，即使看到江書恆冒血的傷口也沒有任何神色改變。

「都不是。」男子揚起了下巴，神色不善地看著綁匪，「他不在裡面。」

「怎、怎麼可能……」綁匪B嚇傻了，不知道從中途逃脫的那一個，竟然就是他們的目標。

「失敗了，就沒有錢。再給你們一次機會吧，把他帶來。」男子收起眼鏡，憂鬱地嘆了一口氣。

說完之後，也不管眾人，自顧自地又走回了樓上，留下六人面面相覷，不知道現在該怎麼辦。

「既、既然抓錯了人，那你們趕快放我們走吧！」俞皓鼓起勇氣試著和對方交涉。

「我們朋友受了傷！快放我們回去就不報警抓你們！」紀安辛擔心已經說不出話的江書恆，一時腦熱就對著綁匪叫囂。

「呵，果然是小孩子，真是愚蠢。」綁匪B斥笑，「你以為我們會甘願空手而歸嗎？」

「那，就打給我們父母吧。」江書恆痛得彎腰，但看俞皓和紀安辛毫無交涉能力，只好摀著傷口艱難地說話，「你們只是想要錢吧？」

「那把電話交出來！」綁匪A聽到有錢馬上同意提案。

「……我們手機沒在身上。」俞皓無奈，「可以把手機還給我們嗎？」

「當初是順便搶來手機，但怎麼可能讓他們打電話！家人最會搞報警這一套了。」綁匪C驚呼。

「我們還是想想該怎麼抓到那個時什麼的吧。」綁匪B思考了一會兒決定，「抓那個風險比較低，而且錢更多。」

「小子，你們想辦法聯絡那個傢伙，我們就放了你們。」綁匪C想了一下，轉過身子拿出刀比劃兩下。

「一個換三個很划算吧。」綁匪A露出猙獰的笑容。

「那也要我們聯絡得到他啊！」紀安辛擔心著江書恆，轉移了對綁匪的恐懼，忍不住嗆聲。

「那給你們手機，在我們面前留言給他。」綁匪B拿出自己的手機遞給他們。

「就在我們眼皮底下，看你們怎麼耍小聰明。」綁匪C覺得自己老大聰明非凡，得意地咧開一口吸菸過度的黃牙。

「……怎麼打啊，我又不會背電話號碼……而且時燁手機不是也被沒收了嗎？這些人是不是笨蛋啊……」俞皓低著頭為現狀苦惱，小小聲地自言自語著。

「小子，在那邊說什麼！」綁匪A看俞皓竊竊私語，一拳就朝他頭頂敲下去，惹得俞皓痛叫。

「啾。」時燁抓抓俞皓。

「我、我知道了，你們把手機拿來。」俞皓聽懂了時燁的暗示，點頭同意綁匪的要求。

「吶，就在我眼前打。」綁匪B把手機握在手上，抓著俞皓到他眼前監督著。

從旁看來就是環抱著俞皓在他懷中，讓俞皓覺得萬分不自在。

這是在演什麼偶像劇嗎!?為什麼被綁架還要被人環抱摟腰！有考慮過他的心情嗎？

「呃，我們是不是靠太近了。」俞皓覺得彆扭，委婉地提醒對方。

「幹麼，不要愛上哥喔。」綁匪B覺得眼前的小子有點奇怪，連忙跳開一步環住自己的胸，沒想到做個綁匪都會被人覬覦，帥哥真是辛苦。

「……我輸入好了，能不能先幫我們朋友療傷？」俞皓決定無視這群奇怪的綁匪，雖然好像不是很聰明，但武力卻是實打實的凶殘。

「嗯？為什麼傳送失敗了？」綁匪B使喚綁匪C去拿醫藥箱，同時間他發現了訊息傳送失敗，一個拳頭又朝俞皓頭頂敲下。

「我沒有輸入錯誤啊！」俞皓疼得哇哇大叫，眼眶含淚地抗議。

「臭、臭小子！少使用卑鄙伎倆誘惑哥！」綁匪B不知道為什麼突然覺得這個小矮子眼睛水汪汪挺可愛的，揮舞著拳頭又給他幾拳。

「我才沒有！」俞皓覺得這些綁匪怪裡怪氣的。

「啊，老大。這邊沒有收訊啦。」綁匪C想到了原因，「這裡只有WI-FI，之前我們跟雇主都用LINE啊。」

「……該死，這邊沒有基地臺。」綁匪B嘖了一聲，轉過去把俞皓抓過來，「小子，輸入你的LINE。」

「……我的嗎？」俞皓疑惑地照做，一邊小心詢問，「可、可是要聯絡時燁，為什麼要我的ID……」

「……嗯，那你給我那個傢伙的。你的也順便加入吧。」綁匪B點頭。

「呃？」俞皓困惑地發出單音。這年頭綁匪流行跟人質交換社群帳號嗎？然後他加入時燁LINE幹麼？時燁根本不能用手機啊！這些綁匪腦袋真的沒問題嗎？

江書恆經過簡易包紮後發現傷口其實不大，出血也逐漸止住了，紀安辛才放鬆下來注意俞皓的情況，結果就看到綁匪頭頭圍著俞皓要ID的神奇畫面。

「好、好了！你們這群小鬼等到那個什麼時的來就能離開了！我們拿到錢就會把你們放走。」綁匪頭頭加完ID後，看到其他人探究的眼神乾咳了幾聲。

「老大是不是怪怪的？」只有塊頭大但愣頭愣腦的綁匪A突然心有所感。

「不要管太多，趕快把小鬼們丟到樓上房間鎖起來。」綁匪C連忙把俞皓拉走，這個小矮子是什麼妖精嗎？竟然迷惑了老大，還是趕快隔離起來吧。

「我們可以擅自上去嗎？」綁匪A困惑。他有點害怕看起來冰冷又充滿距離的主謀老闆。

「之前說不要上三樓就好，我們把人帶到二樓房間關起來，等那個小鬼來再處理他們。」綁匪C快速地拉著三人離開。

俞皓三人被關進一間客房，室內還有電視跟沙發，床鋪更是加大雙人床。除了無法聯絡外界以外，環境還挺舒適的，三人終於從慌亂的突發意外中有了喘息的餘裕。

「天，我到現在都還以為自己在做夢，沒想到我人生會有被綁架的一天。」捏捏臉頰，紀安辛疲倦地扶著江書恆在沙發上坐下。

「我也以為在做夢！莫名其妙被綁架到這種荒山野嶺。」俞皓怕擠壓到江書恆傷口，索性直接坐在地板。

「大家沒事就好。」江書恆失血一時有些暈眩，坐在沙發上閉目休息。

時燁黃金鼠評估現況安全，從俞皓領口竄出啾啾叫著。

「嗯？」俞皓捧著時燁，一邊聽他說話一邊檢查對方有沒有受傷。

「啾啾啾！啾啾啾啾啾！」時燁正講著正事，卻被俞皓翻來覆去檢查，連蛋蛋處都給摸了幾把，氣得大聲叫著抗議。

「這黃金鼠該不會是時燁吧？」紀安辛詢問，畢竟在這種地方突然出現一隻黃金鼠實在太可疑了。

「嗯嗯！」俞皓點頭承認，同步幫時燁翻譯，「時燁說他已經啟動了家族通報的系統，要我們不要擔心，應該很快就會有人找來了！然後問江書恆的傷口還好嗎？」

「哇靠，皓皓你能跟時燁溝通？還是你會說黃金鼠語？」知道很快能夠得救，紀安辛終於放心下來，也有了玩笑的心情。

「我還好，傷口不大。」江書恆有些精神不濟，傷口雖然不大但刺得有點深，動一下都有撕扯的疼痛，在剛剛緊急的情況下感覺不大，現在開始一陣一陣生疼，但他選擇咬牙忍耐，怕影響到其他人的心情。

「那我們看一下電視新聞？」俞皓用臉頰蹭著黃金鼠柔軟的皮毛，不顧時燁的啾啾抗議，「也許有我們被綁架的新聞。」

「不可能會有。我們失蹤不到幾個小時而已，可能根本沒有人發現。」江書恆勉強著和大家對話。

「可惡，還好有時燁能對外求援。」紀安辛看著俞皓像逗弄寵物一般和時燁黃金鼠玩著，心中怎麼看都覺得神奇，「皓皓，你真的可以跟時燁說話啊？」

「可以啊，你們要試試看嗎？」俞皓抓起時燁黃金鼠，不顧對方的扭動抗議，單手掐著展示給兩人看，「親一下就可以了。」

「蛤!?」紀安辛沒想過是這個答案，瞪大眼睛不可置信，「你不要開玩笑喔？親、親一下？」

「啾啾！啾啾啾！（你這個白痴！快放開我！）」時燁現在身型小力量也小，無法阻止俞皓這個大白痴不停說出他的祕密。

「嗯！像這樣啾～一下就好了。」俞皓抓著時燁黃金鼠，完全不覺得異樣地一下又一下啾啾啾地親著。

「……呃，好、好神奇喔。」紀安辛心中已經相信那隻黃金鼠就是時燁，這畫面等於俞皓揉著時燁在他們面前親來親去的，看得他好彆扭。

「球球最可愛啦～」俞皓心中，變成動物的時燁就是他的愛寵球球，絨毛控如他恨不得含在嘴裡，何況剛剛才經歷了一陣混亂，心靈正是需要療癒的時刻。俞皓渾然未覺紀安辛的目光，自顧自地玩著時燁黃金鼠。

「阿恆，你有沒有覺得他們怪怪的……」紀安辛正想和江書恆打屁，轉頭才發現對方靠著沙發扶手，撐著額頭已經入睡，蒼白的臉色和皺緊的眉頭讓紀安辛的擔憂又冒了上來。

雖然客房被鎖上了沒有自由，但房裡應有盡有，紀安辛給江書恆蓋上了小毯子，發現對方額際冒出冷汗連忙替他擦去。這是第一次江書恆在他面前露出了不再從容的模樣，讓他明白自以為萬能的江書恆也是有極限。遇到了這麼荒謬的綁架事件，紀安辛絲毫沒有是時燁連累他們的想法，反而在他的心中深處冒出了毫無理由的罪疚感。

紀安辛懷著各種複雜心思，累得倒在沙發上，看著江書恆的側臉，也跟著陷入了昏昏欲睡的狀態中。他對自己而言算是青梅竹馬，這份不平常的感情，是罪惡的嗎？今天的一切是不是老天爺在敲打他，要他放下這份執念？如果有放下的一天就好了……

從深夜到凌晨的折磨讓男孩們累垮了，一個接一個地陷入了睡眠中。時燁黃金鼠也終於從俞皓手中掙脫，透過再次變身成壁虎從房門縫隙鑽了出去，開始進行環境探索。

時燁變身回黃金鼠才能跑得快一點，壁虎實在爬得太慢了。

他跑到一樓大廳，發現綁匪們正在看無聊的綜藝節目，懶散地躺在大廳吃著洋芋片，邊跟電視中的藝人們搶答問題。

時燁在牆角觀察，判定這些人就是普通小混混，沒有什麼強大攻擊力後，小心地往三樓禁區前進，他雖然沒看到臉，但從對方的聲音中聽出不同常人的冰冷與瘋狂，這個主謀者到底是誰？

「一天，又過了一天。」男子輕輕的聲音從某扇門後傳來，時燁黃金鼠小心地貼在門上偷聽，「我等了十年，終於能夠逮到你了——我會一點一點地抽乾你的血液，把你的每一寸組織都收藏起來做成標本……」

對方的私語實在太小聲，時燁只好再次變成壁虎爬入房間，窄扁的身體好不容易鑽入縫隙中，就被房間內的場景嚇到卡住不願前進，對方在全黑的房間中放了三、四臺電腦，看著畫面自言自語著。

讓時燁感到毛骨悚然的是，螢幕上播放的都是他的畫面，森林裡的影片、他平常上學的影片，還有他和俞皓初遇時，俞皓意外拍下他變身成黑豹的影片，最可怕的是對方竟然持有他五年前被綁架時變身的影片——

連時燁自己都不知道有這段影片的存在，對方看似平淡的面貌下，隱藏的是對時燁的瘋狂執著。

時燁小心翼翼地離開房間，接著探索了其他房間，有一間是裝置各種設備的實驗室。他推測這個在深山建了別墅的男子可能真的像俞皓猜測的是個瘋狂科學家，而且是個對他執著了十年的變態……

而讓時燁之所以冒險出來探索的理由，是連俞皓都不知道的。時燁雖然安撫了他的小夥伴們，但他自己相當擔憂，因為他的安危通報器似乎沒有作用……

他在發現被綁架的第一時間就按了通報器，照理說家族應該已經派人抵達救援了，但可能是荒山訊號太差，他的求救信號並沒有被傳遞出去。等家族發現他陷入困境可能還需要至少一天的時間，看來也只能等待了。

時燁四處搜索，終於搞懂了別墅構造後回到房間，發現小夥伴們睡醒了。俞皓正大呼小叫著，時燁才靠近馬上就被俞皓抓起。

「怎麼辦啦！江書恆發燒了！」俞皓慌亂地對著時燁大叫。

時燁黃金鼠掙脫俞皓，幾個跳躍到了江書恆身邊。對方維持他離開前的姿勢，仰躺靠著沙發扶手睡著，但慘白的臉色和燒紅的臉頰顯示著惡劣的狀況，紀安辛看似平靜，但幫江書恆冰敷的手卻頻頻顫抖著。

「我們有朋友發燒了！快來救人啊！」俞皓跑到房門口用力拍著門大吼。

「啾啾（沒有用，他們聽不到！）」時燁知道二樓和一樓的距離有多遠，即使大聲吼叫也無法傳到一樓。

「那、那怎麼辦！不能放著江書恆這樣發燒下去啊！」俞皓著急地轉來轉去，胡亂地敲打著門製造噪音。

「時燁可以出去的話，能把門打開嗎？」紀安辛唯一能想到的就是要趕快送醫治療。

「啾啾（門從外面上鎖了。）」時燁回答，而後俞皓翻譯。

「那、那怎麼辦呢？」俞皓吼叫到沒了聲音也無人理睬，男孩們頓時理解了自己的渺小與束手無策。

「……你們不要擔心，我應該睡一下就好了。」各種的吵鬧聲驚醒了昏睡中的江書恆，但他已經無力張開眼睛，只能勉強發出沙啞的聲音安慰著大家。

「時、時燁，你們家的人什麼時候會來呢？會報警嗎？能叫救護車一起來嗎？」紀安辛看著江書恆的狀況，六神無主。

時燁看著小夥伴們慌亂的模樣，心中深深地自責，他知道是自己害得大家陷入今天的危機中，他必須負責營救大家。

「啾啾（我來想辦法，你們好好照顧他！多給他水喝還有敷溼毛巾。）」時燁黃金鼠從沙發上躍下，啾啾地叫著。

「時燁你要去哪？」俞皓看時燁又要出去，心中升起異樣的預感，連忙詢問。

「啾啾（我去外面啟動緊急救援系統！）」時燁變成壁虎爬向縫隙，「嘶嘶（俞皓你好好照顧大家！）」

「好！你小心一點！對方是不是知道了你的祕密啊——」俞皓擔心地對時燁交代，但對方很快從縫隙鑽出不見蹤影，心中的詭異預感讓俞皓不安地凝視著門板久久無法回神。

時燁黃金鼠飛快地掠過呼呼大睡的綁匪們，再次找到了縫隙鑽出，迅速地離開了別墅，找到了一開始載著他們的車，恢復成人形打開了後車箱。幸好綁匪懶惰，他的制服都還在裡面。

迅速穿好了衣服，他把自己弄得灰頭土臉像是從樹林中迷路的模樣，深吸了一口氣，走到別墅前按下了門鈴。

時燁知道，等著自己的會是什麼，但他還是毫不猶豫地選擇了這個方法。

「哇，沒想到這個孩子真的來了。」

「這樣想還挺義氣的嘛！」

「是傻吧。」

俞皓等人擔心地等了幾十分鐘後，聽到了綁匪聊天的聲音從遠而近，接著門就被打開了。出乎意料地綁匪把時燁推了進來，俞皓看著時燁說不出話來。

他們唯一的救援被抓住啦？還是自投羅網？時燁在想什麼啊！

「喂！我們有人發燒了！快讓我們送醫！我保證不會多嘴說什麼的啊！」紀安辛看到時燁瞬間一愣，快速地對綁匪求情。江書恆的病弱擊倒了紀安辛的天真。

「嘖，真麻煩。」綁匪B將時燁推進房間後吩咐其他兩人，「你們隨便拿點退燒藥給他們吧。」

「那要怎麼處理他們？」綁匪A看著一房間的小孩，有些困擾。

「等拿到錢再說。」綁匪C扔給小孩們幾瓶水和維他命充當退燒藥，毫不在乎地笑鬧著將門關上。

「……他們怎麼能這樣，江書恆都發燒了欸。」紀安辛無法置信地看著門被無情地關上，轉過頭將希望放在時燁身上，「時燁你聯絡上你家人了嗎？」

「……嗯。」雖然有些猶豫，時燁仍是點了頭，「過來需要一陣子，先給江書恆餵點水跟維他命吧。」

「好。」慌亂到無法思考的紀安辛立刻聽話照做，但知道時燁已經聯絡上救兵讓他稍微安心了一些，「希望你家裡的人趕快來。」

俞皓旁觀著一切總覺得哪裡怪怪的，他能感受到時燁看似平靜下的焦慮，忍不住附耳詢問。

「欸，你怎麼變成人形了？對方就是要抓你還自投羅網。既然已經聯絡上你家人，怎麼不等人來救援就好？」

「如果我不進來，他們也不會靠近這裡。」時燁坐在染上江書恆血跡的沙發上，「抱歉，大家是被我拖累了，救援估計還要等個一天……你多多照顧他們吧。」

「欸，你這樣講怪怪的……」遊戲裡出現這種委託都是立FLAG的徵兆啊。俞皓心中湧現不安，但又怕影響正在床邊照顧江書恆的紀安辛，只能跟著坐下，挨著時燁小小聲地詢問。

「我有我的計畫……你別擔心。」時燁突然側身一把抱住俞皓，像是在說什麼悄悄話，擁抱的力道讓俞皓不好的預感更加強烈。

「你的計畫是什麼？」

「是祕密。」時燁吐了舌賣關子，手指還戳向自己臉頰，難得地俏皮了一番。但俞皓無心欣賞，只給了他一個白眼，掐著時燁的脖子逼問。

「……也不是故意不跟你說，我怕你太衝動而已。」時燁摸摸俞皓的頭頂，溫聲提醒，「現在江書恆發燒了，紀安辛狀態也跟著不好，你是唯一清醒的人了，當然只能要你好好照顧大家。」

「為什麼計畫不能跟我說？我知道事情的輕重，不會衝動的。」俞皓看著時燁明顯顧左右言他的態度，總覺得不安。

「你不相信我能解決嗎？」時燁掐著俞皓的臉頰，一副胸有成竹的悠哉。

「沒有啦，我只是好奇啊。」俞皓看時燁老神在在，才覺得自己似乎過度杞人憂天，可能是這天發生太多事情，讓他心情太過不安。

「嗯，等結束了，你就會知道啦。」時燁語調輕快地安撫了俞皓，接著話鋒一轉和他閒聊了起來，「不知道回到學後，還能不能繼續探索安生的劇情。」

「哇，你還有閒情關心安生的故事，我只想趕快安全回家睡覺。」俞皓開始相信時燁應該已經和家裡聯絡好，才有這番從容，終於露出了笑容。

「畢竟我也努力解謎了，就缺臨門一腳的感覺不太好。你學弟的那個姘頭角色讓人還滿在意的，他那天跟你說了什麼線索嗎？」時燁皺著眉頭問。

「嗯、咳咳……？」俞皓本來靠著時燁的肩膀，安全感讓他昏昏欲睡，沒想到被時燁狀似無心的問題嚇醒了，本來沒心思思考的學弟表情突然給提上了前線。

「他、他沒說什麼啦，我們還在被綁架欸，你心臟真大顆。」俞皓撇撇嘴，佩服這位大爺的粗神經。

「我在想安生去了哪？為什麼沒來跟他姘頭見面？如果刺死姘頭的人是之前安生的照顧者，難道他也殺了安生嗎？我也想著那道數學題到底正確答案是什麼？」

時燁難得地多話了起來，用他低低的音頻喃喃自語，俞皓感覺時燁不像在問他問題，聽著聽著就靠著對方的肩膀睡著了。

「我其實想知道……如果我不在了，你會不會惦記著。」時燁看著俞皓張著嘴，迅速地睡得呼嚕作響，默默地嘆了口氣，伸手將對方攬住，小小聲地將問題含混著問著，「我才不關心安生呢，你好好的才是重點。只是我怎麼老是像做賊一樣，非得要等你睡著才敢說這些真心話……」

第七章　時燁的選擇——

窗外傳來了陣陣鳥鳴，吵醒了俞皓。他發現自己就這樣睡在沙發上，身上蓋著件外套，他揉揉眼睛、打了呵欠起身尋找其他小夥伴現況。

紀安辛坐在床邊的地板上，握著江書恆的手睡著了，江書恆看起來狀況還好，俞皓轉了一圈都沒看到時燁，困惑地喊著對方的名字。

「時燁……？」

「早上了啊……」紀安辛也跟著醒來了，走到沙發邊和俞皓說話。

「時燁什麼時候出去的？去了哪裡？」俞皓疑惑。

「我們都在裡面沒聽到欸，是不是變成了小動物溜出去了？」紀安辛活絡了一下筋骨，昨天艱難的睡姿讓他渾身痠痛，也沒什麼心神細細思考。

「他會不說一聲就跑了嗎？」俞皓無法掌握時燁的動態，有一些焦躁，畢竟這個陌生的環境，有著對時燁虎視眈眈的變態。俞皓一個激靈，激動大喊著自己的猜測，「他是不是被變態給帶走啦！」

「不是吧？如果這麼大的動靜，你睡在沙發上應該會被吵醒吧。」紀安辛抓抓頭髮邊打呵欠邊安撫他，「而且時燁會變身不是嗎？被捉住的話變成螞蟻脫身，看誰能找到。」

「嗯……」俞皓歪著頭思考，昨天開始的不安又蔓延開了。雖然紀安辛的話很有道理，但俞皓總覺得時燁是刻意被發現的，這應該跟他的計畫有關。但他想不出時燁的目的，卻靈光乍現想通昨天時燁的反常，假裝關心一些小事情、刻意的開朗語調，這些完全不符合時燁個性的事情，是為了防堵自己逼問他計畫吧。

「我才不會壞事呢……」俞皓嘟嘟噥噥著抱怨，只是壓不下心中的憂慮。昨天晚上迷迷糊糊之間，是不是聽到時燁說了什麼？

如同俞皓的擔心，時燁依照計畫在一早被送到了實驗室，五花大綁地束縛在儀器艙裡，任由各種掃描讀取著他的身體數值。

「終於抓到了，我的小狗狗……」看似優雅的科學家男子，動作溫柔地以手指滑過時燁的臉龐，看似平靜的動作卻遮掩不了他的興奮，鏡片後閃爍著光芒的眼睛怎麼看都是瘋狂。

「你這個變態！到底想幹麼啊？」時燁深吸一口氣開始演出『中二高中生』的模樣——取材自俞皓。

「小狗狗不要擔心喔，我只是對你有點好奇。」科學家男子溫柔地安撫時燁，手指微微顫抖著在他身軀劃著。

時燁知道那看似溫柔觸碰的手指，其實在對方心中是一把手術刀，將他視作實驗動物般一點一點地解剖著。

「你以為照幾個X光就能知道我會變身的祕密了嗎？」時燁假裝害怕，歇斯底里地叫囂著，「這種變身能力只有我們家族血統的人才有！」

「喔~所以身體數值應該跟其他人無異嗎？」科學家男子心裡嘲笑著他的小狗狗似乎是個小笨蛋呢！但也難怪，還只是個孩子嘛。

「你當我是傻瓜會跟你講嗎？」時燁繼續模仿俞皓衝動又挑釁的說話方式。

「小狗狗冷靜，你的心跳加速太多。」科學家男子發現觸碰會讓他的小狗狗緊張，開始進行更多的碰觸來得到數據。

「白痴！我才不可能緊張。」時燁想著俞皓的一言一行，繼續加碼激動演出。時間有限，他必須迅速達到目的才行，「我可是家族最優秀的一脈，光是血統就尊貴非凡，我怎麼可能會為這種小事情緊張。」

「喔~所以關鍵是在血脈遺傳！」科學家男子迅速抓到了重點，雙眼發亮，去了其他間實驗室拿了什麼來，「小狗狗乖，讓我抽你一點血做實驗吧。」

「放心，我只抽一點點，不會對你造成危險的。」科學家男子拿出抽血針頭，不太熟練地朝時燁手上戳去，但無奈不是專業，戳來戳去的就是找不到血管，只讓時燁手臂內側充滿瘀痕。

「哼、呵呵，你以為你抽那一點血有意義嗎！」時燁看這傢伙動作溫吞，毫無意義地折磨自己，只好出言提醒對方，「我的高貴血脈是幾萬年的累積，你以為幾次零星的抽血就能得到什麼結果嘛！你這種沒有才華的蠢蛋是不可能做得到的！」

聽到時燁的嘲笑，科學家男子沉下了臉色。

「……小狗狗，你不要以為我對你溫柔，就得意忘形越過界線了喔。」終年在這偏僻山區等待時燁，科學家男子早被無數人批評過，時燁這番話深深刺中他的痛處。

「哼，你以為這些破爛器材做的實驗數據能得到什麼結果。」時燁靈敏地發覺了對方的情緒波動，更努力地刺激他，「你這種沒有才華的破爛實驗家不可能找出我們家族的祕密的！」

「小狗狗太不聽話了，需要一點教訓才行啊。」科學家男子被時燁喋喋不休搞得心煩意亂，拿出抽屜鋒利的小刀往時燁手上劃去，時燁咬牙讓手腕內側血管轉向承受對方的攻擊。

「嗚——」強烈的痛楚讓時燁悶哼了一聲，手無力地垂下，鮮血瞬間滴落了滿地。

「啊……好浪費啊。」被刺激過度的男子凝視滿地鮮血突然回神，迅速地收集了手上未汙染的血液，採集了逾千CC後才趕緊替時燁包紮。

瞬間大量失血讓時燁昏眩，但他知道自己必須善用男子離去的時間。時燁忍耐著手腕的痛楚，費力地摩擦傷處讓創部撕裂，錐心刺骨的疼痛讓他哀鳴，但他堅持繼續傷害自己，希望迅速啟動自己身體的緊急通報系統，這是他最後的手段了。

時燁家族除了主動的聯絡系統以外，考慮到每個成員可能遇到非預期意外，還內建了被動系統；只要機能降到一定數值，系統就會自動通報。由於是緊急情況，訊號不需透過網路能夠直接上傳衛星。

時燁不知道要到什麼程度，系統才會作用，只好拚命刺激這名科學家。也幸好對方相當容易被挑釁，幾句話就惹得對方傷害珍貴的實驗體，計畫能依照自己的安排進行，時燁相當慶幸。

從傷口處傳來的疼痛，紮紮實實地傳遞給神經放大了感受。時燁顫抖著嘴唇幾乎無法堅持，但想著因為自己受到連累的朋友們，他咬牙忍耐著，將鮮血淋漓的傷口再次撕裂讓血液快速流失。

幾分鐘過去，時燁眼前一片白，心跳逐漸失速，他知道自己正陷入貧血狀態，意識也越來越模糊。他祈禱系統發揮作用，家族速度夠快，否則可能真的要為他收屍了。

俞皓萬一知道這個計畫一定會恥笑他吧，總是自認聰明的自己竟然只想得到這招。如果大家都能平安得救的話，時燁一定要光明正大地將自己的心意傳達出去……

第八章　別擔心，主角是不會死的嘛。

「二十四小時過得像是二十四天一樣漫長啊……」

時燁醒來的時候，俞皓正趴在他的床邊自言自語著。

俞皓感受到了時燁的動作，興奮地大呼小叫。他眨了眨眼睛適應著強烈白光，那傻乎乎的口吻讓時燁無來由地放了心。

「哇哇哇，醒來了醒來了！」

「別……別大聲叫。」時燁費力地開口，聲音有些嘶啞。

「你真的超亂來的！差一點點！差一點點你就拜拜了！」俞皓不管病人還處在虛弱狀態，瞪大眼睛氣憤地開始數落時燁。

「不至於吧？」覺得自己狀態還可以，時燁想抬手拿水喝才發現右手完全舉不起來。

「你看吧！」俞皓紅著眼眶，拿起杯子餵時燁喝水。但畢竟是第一次伺候人喝水，不是很熟練，整杯水從時燁口鼻一起灌入，害時燁嗆到了。

「我看是被你害死吧。」時燁咳了好幾下才用左手抹去滿臉水。

「對不起啦，可是、可是你真的差點就拜拜了啊。」坐回小凳子上的俞皓抓著病床邊角，可憐兮兮地告訴時燁這件事情的嚴重性，「這什麼爛計畫，難怪你不肯跟我說！拿自己的性命去賭，也太……我們可以再等一段時間啊。」俞皓這次記得將時燁扶起坐直，水杯靠著對方的嘴慢慢倒入，口中不停碎念著。

「如果等家族或是學校發現我們失蹤，可能要好幾天了。那邊收訊不好定位需要時間，但江書恆狀況不好，我只好出此下策。」時燁喝了幾口水感覺好了些，忍著昏眩詢問俞皓，「江書恆還好嗎？」

「嗯！好在及時送醫，傷口感染程度還能控制，高燒也退了……你為什麼不跟我說啊，多個人分擔，也許有更好的計畫啊，幹麼賭命。」

「更好的計畫是什麼？你接下來有想到更好的計畫嗎？我當時跟你說的話，也就是多一個人煩惱而已，而且我也沒有賭命，我有評估過風險。」

俞皓覺得時燁的回答讓他很不愉快，但自己又說不出原因，只知道對方排除自己做了決定讓他很難受。

時燁看俞皓抿起了嘴，知道自己說得不好，但也不知道怎麼彌補，只能讓沉默的尷尬蔓延，直到紀安辛粗手粗腳地開門進入。

「時燁大大醒了！」感謝時燁的犧牲，紀安辛帶著尊敬的心呼喚時燁，也讓時俞兩人氣氛緩和不少。

「時燁，你真的是英雄，天大的英雄！」紀安辛浮誇地握著時燁沒包紮的手用力搖晃，「我跟書恆都一輩子感激你！你竟然犧牲自己去啟動身體自救系統，真的太偉大了。」

「紀安辛！你不要稱讚他！時燁把自己搞成這樣根本不應該被稱讚！」俞皓實在太生氣，忍不住怒吼。

「皓皓你不要生氣嘛，時燁大大也是無計可施，但為了我們慷慨就義，真的是很帥！兄弟！我一輩子的兄弟！」紀安辛才不怕俞皓的怒火，逃過一劫的他情緒亢奮著。

「……你怎麼知道那個系統？」時燁不顧兩人正吵著，突然插話詢問紀安辛。

「你爸媽講的啊。」紀安辛興奮地手舞足蹈，用力描述著當時的情況，「大概是下午不知道幾點，我感覺江書恆再燒下去會變成智障，突然樓下幾聲乒乓作響，就有人來救我們啦！你爸踹門衝進來的樣子，真的很帥欸！跟電影上演得一樣啊！」

「……嗯，你們都平安無事最重要。」時燁點點頭。

「書恆也醒來了，但他身上有傷口不方便過來，就派我過來道謝啦。」紀安辛開朗的口吻一轉，突然有點感慨，「這一天真的是過得太刺激太驚心動魄了……忍不住想我是做了什麼壞事遭遇到這種報應啊？如果還有機會，我一定會改的，真的是太可怕，不想再遇到了。」

「沒事啦，我們都平安回來啦！還多了可以吹牛的冒險經驗欸。」俞皓感覺到紀安辛心情的低落，連忙安慰他。

紀安辛情緒起伏大也恢復得快，瞬間又嘻嘻哈哈地和兩人談論著這次劫難一陣子之後，才回江書恆的病房。

「……不要生氣。」時燁靜靜地看著俞皓，對方低著頭一句話也不說，時燁看不到他的臉只能開口輕聲請求。

「我沒有生氣。」俞皓低著頭，試著組織自己的想法好好表達，「你不知道我的心情多煎熬。明知道綁匪就是衝著你來的，你卻自投羅網，接著你突然就不見了！我跟著你爸媽去找你的時候，看到地上那灘血，他們臉色都發白了，我當初還跟他們說會照顧好你的……」

「……對不起。」時燁道歉，「我怕你阻止我就不敢說，當時時間緊急而且也沒有其他方法了。」

「我知道，就是知道才覺得懊惱！就算不能出主意，但我想至少應該要一起煩惱，這才是朋友啊。」俞皓抬頭，生氣地鼓著臉頰抱怨。

「我們來約定吧，以後不能再這樣了。」俞皓抓起時燁的手比了個勾勾，自己也做了一樣的動作，他要和對方訂立約定，「不要再擅自作主了。」

「等、等等。」時燁看著兩人即將貼近的大拇指，在承諾即將完成前出聲阻止，「我做不到。」

「如果我覺得你不知道比較好，那我一定會再次做這樣的決定。」時燁誠實地自首。

「……」俞皓被時燁過度的誠實搞得不知道該生氣還是該抗議好，最後他收回手的動作，改成豎起食指對著時燁比劃著，「時燁你啊，真的是……」

「嗯？」

「要說是誠實還是厚臉皮呢？」

「嗯，不管是誠實還是厚臉皮，都只會對你做而已。」時燁知道這件事情混過去了，連忙討好俞皓。

「唉，說好啦，這件事情結束，你要變成我喜歡的動物給我玩喔。」俞皓覺得就這樣放過這傢伙很吃虧，連忙提出條件。

「……什麼動物？」

「貓頭鷹啊！貓頭鷹！」俞皓興奮地學著貓頭鷹的叫聲與動作，「我那天看電視，貓頭鷹的頭可以一百八十度的旋轉欸！超酷的！」

「我覺得我的頸部會折斷……」時燁想著那畫面就毛骨悚然，下意識排斥。

「不會啦！貓頭鷹都那樣啊！而且嘿美你知道吧！哈利波特那隻！我喜歡那隻！你就變成那樣子吧！」俞皓滑稽地模仿著貓頭鷹頭部轉動的樣子。

「不要。」時燁覺得俞皓就是給三分顏色開起染坊的時候，要他變成貓頭鷹就算了，竟然還想指定品種，當下一個不爽就拒絕了。

但這次俞皓沒有苦苦哀求，一個動作就讓時燁屈服——出現在空腹已久的時燁面前，是俞皓親手製作的便當，而且這次有兩個四層便當盒，相當豪華。時燁看得口水直流，不管是貓頭鷹嘿美還是獅子辛巴統統一口氣答應了。

「話說學校活動結束啦！我們因為不在現場，什麼獎品都沒有啦！」俞皓本來一臉慈母笑看時燁秋風掃落葉的進食狀態，突然想到什麼憤然抱怨。

「嗯？」一點也不關心餐券的時燁，只顧著填飽自己的胃，趁著俞皓發表心情的時候偷夾喜歡的菜色，為了多吃一點還延續了話題吸引俞皓注意力，「所以故事全貌是什麼？」

俞皓被點燃起聊天慾望，放下筷子熱情分享。

「村子建立了獨特的宗教信仰『無疾宗』，利用白子特殊樣貌說服村民是神明化身鞏固信仰，詐取信徒的勞動力跟金錢，這樣存活了數百年以上。村子幾乎與世隔絕，直到日軍統治時期被發現了，派了軍官來考察，沒想到軍官跟安生發展成戀愛關係。」

「喔，聽起來跟我們的推理差不多。」時燁點頭，發覺自己掃光了便當的八成，終於良心發現，開始一筷一筷餵食俞皓。

「唔唔，重點是啊，嚼嚼……重點是啊，故事是開放性結局欸！我們因為有正宇洩漏所以直接拿到了重要線索——唉唷，你不要塞這麼大口，而且還都給我你不喜歡吃的東西。」俞皓差點被嫉妒的時燁過度餵食噎死，連忙用手揮開時燁的筷子。

「喔……我怕你顧著說沒在吃啊。」時燁無法承認自己聽到學弟的名字就不爽，下意識挑了個大塊的堵住俞皓的嘴。

「你分明是把我當回收桶吧！」俞皓不明白時燁少年那纖細的戀愛心思，此時赫然發現時燁把兩個便當中自己喜歡的食物都優先享用，氣得火冒三丈。

「我現在需要補充營養。」

「那你吃豬肝啊！我特別做給你補血，結果你一塊都沒吃欸。」俞皓看著絲毫未動的涼拌豬肝表示憤怒。

「我不吃動物的內臟。」時燁撇開頭。

「……」俞皓被時燁的無恥氣到，一筷子豬肝就硬頂在對方嘴巴邊，跟著時燁動作移動，堅持要把豬肝塞進去。

時燁被煩得受不了，閉緊眼睛張開嘴迅速吞入，在心中默默跟自己說食物的重點不是口感，是烹飪者的愛。

「哎，總覺得餵食上癮了呢。」俞皓又夾了一筷子過去，看著時燁萬分不願但乖巧吞嚥的模樣，心中的色員外狼性突然被激發了，伸手摸了時燁下巴一把，「難得看你委屈的樣子，老子真爽。」

時燁看俞皓一臉得意，直接抓著俞皓脖子將人拉近，再掐著俞皓的臉頰撐開他的嘴，將自己還沒嚼食的豬肝直接渡口塞入俞皓口中，末了還用舌頭舔了他嘴角一下。

「哇——靠！」俞皓為這突然的攻擊呆滯了幾秒，半晌紅透了臉對著時燁激動比劃了半天，「你、你幹麼啊！」

時燁舔了一下拇指，微微挑眉。

「你也吃吃看啊。」時燁輕描淡寫地說。

「吼！你真的很過分！」俞皓無法平靜下來，呸了幾口把豬肝吐出來，含著眼淚對時燁怒吼，「怎麼可以這樣啦！」

「怎樣，初吻喔？」時燁故作無所謂地解釋，但通紅的耳朵顯露出他的真實情緒，「我其實沒有碰到啊。」

「那不是重點！」俞皓灌了好幾口水後，生氣地將瓶子往時燁頭上敲，「我討厭動物內臟！現在滿嘴都是內臟的味道！」

「……」時燁覺得每次和俞皓的攻防戰最後都會變成笑話一場。真正的對手從來都不是嚴正宇或是其他外來者，而是俞皓不曾對他的感情有所意識。

……或許，這樣也好。

「我吃飽啦，有點想睡。」時燁突然開口，「你要回家嗎？還是跟我一起午睡？反正你晚上也要在這待著吧。」

「嗯，我當然要在這啊！我沒有時刻看著你，就會想到那天的事情……皇上，你還是讓我侍寢吧！」俞皓鬧了一陣也有點累，他伸了懶腰向旁邊的小床移動，同時間說了個笑話，朝時燁眨眨眼。

「好，今天就翻你牌。」時燁點頭，往自己床上拍拍。

「開玩笑的啦，你那張床那麼小。」俞皓搖頭拒絕。單人床怎麼可能塞得下兩個男生，就算自己身型略矮，分量還是很足夠的。

時燁沒有回答，砰的就變成了白毛蓬蓬的小博美狗，用他烏溜溜的眼睛萌萌地看著俞皓，甚至討好地搖了尾巴，下一秒俞皓就飛奔過去摟個滿懷。

「球球今天過得好嗎？把拔過得很好喔。」俞皓看到心愛的絨毛動物，智商立刻下線到腦殘程度。

「汪（今天就當作補償你。）」時燁博美伸出小小的舌頭舔了俞皓臉頰，把對方萌得大聲尖叫，時燁博美連忙用肉掌壓著俞皓的嘴巴。

俞皓抱著時燁博美躺下準備睡覺，懷中熱呼呼、軟綿綿的觸感實在太好，俞皓毫無睡意，一直用手撫摸著時燁博美的蓬鬆白毛。

「我這幾天人生跑馬燈一直回籠。」俞皓對動物形態的時燁總是腔調溫柔又甜蜜，「想到第一次跟你見面的時候，你突然變成了黑豹朝我撲來！你下次也變成黑豹讓我重溫舊夢吧。但我要先幫你剪指甲，當時亮出來的爪子嚇死人了。」

「汪汪（沒辦法，誰叫你當時看起來那麼可疑，還有我們本來就是同班同學，不是第一次見面。）」時燁乖乖地任由俞皓捏著自己的肉掌，雖然不太舒服但還是由著對方盡興了。

「仔細想也才一年多的時間，怎麼會遇到這麼多事情啊。」俞皓摟著時燁博美，將小小的身軀轉向自己，抓住對方上肢揮舞著，「你說，你怎麼那麼多事啊。」

「汪（抱歉……）」時燁博美有點沮喪，委屈地哀鳴。

「沒事沒事！球球不用道歉，事後回想起來挺有趣的，這一年經歷了多少年的冒險，以後我們老了談起往事回味無窮啊。」俞皓親親時燁博美的鼻子安慰道。

「汪汪汪（你不會覺得自己很倒楣嗎？不曾後悔那天遇見我，牽扯進來這麼多麻煩。）」

「這一年來不停受到物理傷害，是還滿倒楣的……」俞皓想著點點滴滴，忍不住抖了下身子。粗心眼的他沒有留意時燁黯淡下來的神色。

「汪汪（過了這陣子會變好的。）」時燁博美用肉掌拍了拍俞皓的臉頰安慰。

「不用擔心，我們是朋友嘛！上刀山！下油鍋！哥哥我給你兩肋插刀！」俞皓舉起時燁博美，正面躺在床上跟小狗玩著飛高高的遊戲。

「汪汪（哥哥你個頭。）」時燁博美一腳踩在俞皓鼻子上。

第九章　家族的懲罰竟然是……

「時燁！」俞皓在捷運站出口對來接他的時燁用力揮手，然後歡快地向對方跑去，「你幹麼要從家裡出來接我？從我家一起出來就好啦？」

「今天紀安辛跟江書恆都要來啊。」時燁安撫地摸摸俞皓的頭頂，看見對方露出傻笑，也跟著回了一個微笑。

「喔！對！差點忘了他們。但今天有什麼事情啊，這麼正式的約了大家一起到你家。」今天天氣很好，俞皓心情也受影響，笑嘻嘻地拉著時燁的手臂搖晃，「結束後要不要去打一場球？然後再一起去吃飯？難得聚在一起，今天一起玩到晚上吧！」

「嗯。」時燁的心情沒有被俞皓的亢奮影響，簡短地應了聲。

俞皓在時燁家住過一段時間，再次到訪已經很熟悉，看著江書恆和紀安辛不自在對應時爸時媽的過度熱情，忍不住想到自己第一次和長輩們見面的心情，忍不住偷偷笑著。

「時燁爸媽給我們找了心理諮商師欸。」紀安辛等長輩離開張羅水果的空檔，逮著機會跟俞皓說話，「說怕我們遇到這麼大的事情會留下心裡陰影，要疏通一下。有錢人家考慮的也太多了吧？」

「江書恆家不是這樣嗎？」俞皓回答。

「唔……不一樣的派頭？」紀安辛想了一下江書恆家嚴肅又一板一眼的長輩們，覺得時燁家的過度熱情還好一點。

「喔，我家不會這樣的。」俞皓扳著手指和自己玩著，時而哼唱幾句顯示著好心情，「第一次接受諮商欸，不知道是怎麼進行。」

「時燁爸媽說就是專業人士跟我們聊聊天，看你心裡有沒有什麼陰影，及早發現及早開導。」紀安辛看著沙發另外一頭專心對話著的另外兩人，壓低了聲音和俞皓傾吐，「我心中的祕密萬一被翻出來怎麼辦……」

「不會啦，他只是問綁架那天的事情吧？」俞皓也學紀安辛，附在他耳邊小小聲回答。

「希望如此囉。」紀安辛雙手一攤故作無所謂，但心中想著的都是自己的小祕密。

「你們在說什麼悄悄話？」江書恆湊過來問，手自動地替紀安辛整理落下的鬢髮。

「沒有啊，閒聊而已。」紀安辛心裡有事，慌張地推開江書恆過度靠近的身體。

「安安怎麼啦？」江書恆靠在紀安辛的肩窩處，低聲笑問。

「不是說在外面不要這樣叫，很幼稚欸。」紀安辛小聲地抗議，自從意外事件後，江書恆變得怪怪的，老是喜歡靠著他。可能是創傷症候群？想到這裡，紀安辛只好忍耐江書恆的靠近，盡量忽略灑在脖子旁邊的呼吸。

「安辛跟書恆，你們來這兩間客房好嗎？皓皓再等一下下，要跟我們寶寶好好相處唷。」整理好了臨時諮商室，時媽媽溫柔地呼喚兩人離開。

「好的～」俞皓大聲回答的同時，留意著紀安辛和江書恆打鬧著離開的氣氛，回頭在時燁耳朵邊八卦，「時燁寶寶！我覺得啊～」

「你想說他們兩個有曖昧。」時燁移動到俞皓身邊坐下。

「是啊是啊！」俞皓搗著嘴悶聲回答，彎彎的眉眼顯示著絕佳的心情，「我感覺到什麼跟以前不一樣啊。」

「有嗎？不過你今天為什麼那麼開心？」時燁看著俞皓皺著鼻子，露出小老鼠一樣的表情，被萌得心動不已，忍不住上手又揉亂了對方蓬鬆的頭髮，整個人壓在俞皓頭上靠著，聞著屬於對方的味道。

「我也不知道欸？可能因為天氣好吧！」俞皓心情好也不計較時燁故意擠壓過來的重量了，輕聲地哼著歌曲看著時家巨大落地窗外碧藍的天空。

「你開心就好。」時燁倚著俞皓，睏倦地點頭附和。

「你有做過心理諮商嗎？」

「常常做啊，這次也是一回來就被抓去訓話了。」時燁攬著俞皓的肩膀，將自己的下巴壓在俞皓的頭頂上，輕輕地蹭著。

「心理諮商到底是做什麼啊？聽起來只是在講話而已。」

「其實真的只是在講話而已。」時燁磨蹭了一會兒，才將頭移開，起身拿過水杯喝了口水解釋，「他會讓你躺在長椅上，讓你放鬆下來，然後回答幾個問題，藉由這些問題判斷你心中比較深層的想法。」

「喔，聽起來很神奇欸！講完之後會有什麼感覺？視野會變好嗎？」俞皓沒有經驗，聽到新奇的事物表現出強烈的好奇心。

「……比較釋懷吧？捨棄那些多餘的情緒還有不該存在的想法，或許能把一些想不通的事情放下。」

「嘿，聽起來很酷呢！但我沒有什麼煩惱啊？」俞皓皺著眉頭仔細思考自己心中有沒有存在什麼陰影。

「有時候是自己也沒發現的吧，在心底很深處的恐懼。」時燁聳肩。

「但如果說到綁架事件啊……你偷偷溜走、我睡著的那段時間做了惡夢呢！夢到你被大切八塊！去找你的時候又看到你流了很多很多的血，回來也是一直夢到，這些算嗎？」俞皓絞盡腦汁想到了最近老是惡夢連連，或許應該跟諮商老師反應。

「……嗯。」時燁看著俞皓半天，最終點了頭，從喝了水也依舊乾澀的喉嚨中擠出回應，「今天過後，就會好了。」

時燁放下水杯又回到俞皓旁邊蜷起身體，挨著俞皓的肩膀靠著。

「你最近很喜歡撒嬌啊，時燁寶寶。」俞皓取笑著時燁媽媽不小心透露出來的小名。

「嗯哼，反正只有你看到。」時燁絲毫不在意俞皓的取笑。

「喔~這樣說我好像很特別。」俞皓得意。

「很特別。」時燁在他耳邊輕聲低喃，「對我來說，你一直都是最特別的。」

「多特別啊？」俞皓側頭看著時燁這麼大隻卻在自己身邊蜷成小貓的模樣，覺得對方實在很可愛，用手指捲起時燁落在他肩膀上的頭髮繞著圈，一邊心不在焉地談話打發等待的時間。

「特別到……即使離開了，也會一輩子放在心裡。」時燁閉著眼睛低語。

「哎，怎麼突然這麼傷感啊？」俞皓笑著拍拍時燁埋在他肩膀的頭頂，自己猜測了時燁心情低落的原因安慰道，「你不要擔心啦！雖然我應該考不上你考得上的學校，但現在通訊設備這麼發達，不管在哪都好聯絡啊。」

「不管我在哪，你都會來嗎？」時燁埋在俞皓肩膀，看不見他的表情，只能聽到他帶著點委屈的聲音。

「不是說了上刀山下油鍋都去的。」俞皓看著身邊撒嬌的巨型貓咪，拍著胸脯保證。

「在月球也去？在北極也去？在非洲也去？」時燁糾纏著說出一些到不了的地點。

「欸，這太難了吧，一般人都到不了啊。」俞皓抗議。

「那美國？英國？德國？澳洲？韓國？日本？」時燁喋喋不休地縮小了範圍繼續逼問。

「呃，不能在臺北市嗎？或是宜蘭或是高雄怎麼樣？夠遠了吧！」俞皓想著憑藉自己一己之力能到的地方，謹慎地開著支票。

「……你的『上刀山也會去』只是在象山或是阿里山的程度嗎？」時燁對俞皓的誠意感到不滿，生氣地吐槽。

「欸欸欸，你務實一點好不好。我到宜蘭跟高雄要花很多車錢欸！」俞皓咕噥著抱怨。

「錢我出。」土豪時燁教會俞皓『務實』兩個字的真正用法。

「喔！那好啊。」俞皓在時燁探究的眼神中絞盡腦汁想著答案，「就算你在金門還是綠島，我都會去的！」

「……」時燁低下頭不說話，一口咬住俞皓的肩膀磨著牙齒表達不滿。

「幹麼幹麼？要搭飛機欸！這還不夠遠嗎？」雖然時燁根本沒用力，但俞皓好歹飼養了他一年，知道時燁大人不開心了。

「國外的話，你就不來了嗎？」時燁在俞皓肩窩處悶聲問著。

「出國也太困難了吧！」俞皓貧瘠的腦袋實在無法想像去國外找朋友這個選項。「我這輩子還沒搭過飛機，連綠島都沒去過啊。」

「你爸不是在英國嗎？」時燁哀怨的小眼神讓俞皓差點胡亂答應連月球都會去的。

「可是我會怕搭飛機啊，再說我爸自己逢年過節會回來給我們看嘛。」俞皓的回答讓時燁感到挫敗，連嘴上討便宜都給防守住了，時燁不爽地哼了一聲。

「好嘛，一年可能可以去一次。」俞皓連忙哄著自家鬧脾氣的寵物大人，「所以你可能要去國外念書才這麼憂鬱喔？」

從時燁口中透露出的線索推出了蛛絲馬跡，俞皓突然有了可能會分離的實感。自己所能想像最遠的距離也就是宜蘭、高雄，再遠一點就是金門、綠島，日本、韓國甚至英國對他來說都太過遙遠，以至於分不清楚哪個地方更遠了些。

「沒有，只是隨便問問你而已。」時燁聽到遠處傳來的聲音，坐直了身體，打破了方才溫馨又曖昧的氣氛，恢復平常油鹽不進的淡漠感。

「時燁……為什麼我覺得你怪怪的？」俞皓的神經即使再粗也能感受到時燁忽高忽低的情緒，困惑地問。

「有嗎？」時燁朝俞皓微笑。

「上次不是說不能有祕密的嗎！」俞皓生氣地對避重就輕的時燁抗議，「你老是把事情埋在心裡面，這樣會容易老喔。

「你不要想太多，就算分開了，我也不會忘記你啊。這一年的共同回憶比我前十幾年都讓人印象深刻哩。」俞皓對著時燁舉手發誓，希望能讓時燁開心一點，

「就算你真的去了韓國日本英國德國甚至是非洲北極，我也會記得的哇。」

「嗯。」時燁聽著俞皓動人的保證，靠向對方，輕輕地將自己的額頭靠著對方的額頭，雙眼注視著他，「你能聽到嗎？」

「聽到什麼？」俞皓疑惑地問，想要移動耳朵卻被時燁一把抓住無法移動。

「我的心情。」時燁單手扣住俞皓的後腦勺，另一隻手抓著他的下巴，不讓他離開自己的視線。

「嗯？我沒聽到欸。」俞皓以為是什麼魔術或是什麼遊戲，好奇地轉著眼睛想要偷看。

「變成動物的時候只要汪汪叫了兩聲，你就會知道我的想法；變成人類的時候，反而無法心靈相通了。」時燁握著俞皓下巴的那隻手，騰出了拇指壓了一下對方的唇角，「是不是應該再用一個吻來交換呢……」

「蛤？」俞皓有些不安，他覺得時燁狀態怪怪的卻又猜不出來緣由，只能順著對方的話回答，「就算你是動物，也要叫出聲我才知道，變成人的時候也是。你說出來的話，我就會知道了。」

「嗯，因為說不出口啊。」時燁閉上眼睛，用自己的額頭磨蹭了俞皓好幾下，「如果能這樣就心意相通該多好呢。」

「我會等你啊。等你說出口的那一天，不管是什麼都聽你說。」俞皓抱著時燁的肩膀，用力地拍了幾下，突然想到什麼驚慌失措地問，「是不是那個變態對你做了什麼不好的事情！我的小可憐時燁寶寶啊～該不會被對方醬醬釀釀了吧！」

「……」俞皓總是能讓所有的傷感瞬間變成搞笑劇，時燁頓時覺得自己的憂傷太多餘，忍不住捧腹大笑。想著俞皓這點倒是自始至終沒有變過。

「別擔心，哥會負責的。」俞皓輕佻地拍了拍時燁的臉頰，盡量不把自己的擔憂表現出來。不擅長安慰人的他只能用開玩笑的方式舒緩氣氛。

「皓皓啊～可以過來囉。」時燁媽媽從遠處呼喚著。

「你別老是憋在心裡，怎樣我都會站在你這邊，誰叫你是我的寵物寶寶啊。」俞皓認真地說完前半句後覺得羞恥，又用開玩笑的口吻補了後半段。

「俞皓——」時燁突然伸手將起身離開的俞皓拉回，緊緊地摟在懷中，輕聲和他交代，「等等你不要想太多，諮商師怎麼說你就怎麼做。不要抵抗，要相信專業。」

「嗯？」俞皓覺得時燁太怪了，雙手回抱環住對方，無奈身高劣勢只達對方下巴處，俞皓只得抬頭詢問，「你到底怎麼啦！一直這樣像便祕一樣。」

「……嗯，我也覺得自己很煩。又不是三流電視劇，下定了決心又覺得後悔，還拉拉扯扯的。」時燁放開俞皓後點點頭，自嘲了一番。

「我只是離開一下下而已，又不是去什麼很遠的地方，太誇張了啦。」俞皓笑著拍拍時燁的額頭，蹦跳著前往體驗人生第一次的諮商服務。

「明明是自己的決定，卻放不開啊……」時燁看著俞皓開心的身影，嘆了氣後用力將自己扔在沙發上。

俞皓雖然有點牽掛時燁的陰陽怪氣，但他想著也就幾分鐘的離別，抱持著興奮的期待走進了客房，體驗初次諮商。

「你是皓皓對吧。」明亮的房間內，戴著金邊眼鏡、看起來相當專業感的美麗女性對著俞皓微笑，「以你自己覺得舒服的姿勢躺在長椅上吧。」

「好、好的！」俞皓緊張地吞了口口水，坐在舒適的長椅上。

「首先，想先確認皓皓最近有沒有什麼困擾的事情呢？」自稱為沈姊的女子溫柔地向俞皓詢問。

「唔……除了之前那個意外，應該是沒有吧？」俞皓擅自理解對方的用意，滔滔不絕地開始分享自己的惡夢與那場綁架的細節。

「嗯……原來如此，很辛苦呢。」諮商師遞上溫度適宜的紅茶，輕聲地繼續對話，「這一年來應該還有很多讓你辛苦的事情吧？」

「唔？」俞皓聽著諮商師的詢問，腦中開始浮現這一年來和時燁相處的點點滴滴，但他記得時燁的事情是祕密，避重就輕地回答，「沒有什麼辛苦的哇。」

「皓皓是很堅強的孩子，但在有些時候是不是想過——如果那件事沒有發生就好了……如果沒有認識他就好了之類的想法呢？」諮商師走近俞皓身邊，伸出手遮住他的眼睛，暗示俞皓闔上眼皮，並且輕輕地壓倒俞皓，讓他側身躺下。椅子弧度相當符合人體工學，俞皓躺上去覺得相當舒服，慢慢放鬆了身體。

「沒有。從來沒有……」俞皓覺得可能因為諮商師的聲音太好聽，他開始有些昏昏欲睡了。

「那你現在放在心底的那個祕密，是不是有時候會讓你覺得喘不過氣呢？」

「唔唔，有時候會有點辛苦……」像是時燁生氣卻不知道理由的時候、突然不見人影的時候。

「會不會想過要遺忘這些呢？不要知道這個祕密的話會比較輕鬆喔。」諮商師的手也很溫暖，覆在俞皓眼皮上，柔柔的聲音讓俞皓幾乎要放棄思考只想應和對方，但困惑拉扯著他僅存的一絲理智。

「不可以遺忘！不可以！」俞皓不喜歡這個選項，不安地扭動身體想要起身。

「好好好，不要遺忘。」諮商師發現俞皓情緒波動過度，要脫離自己的控制了，連忙溫聲安撫，「我只是建議你留下好的、快樂的情緒而已唷。」

這個答案可以接受。俞皓躁動的情緒被成功勸慰，再次陷入半夢半醒的狀態。

諮商師呼了口氣，將一旁輕柔的音樂調高了音量，讓自己的聲音融入其中更像耳語。表弟明明說這孩子是最好應付的，怎麼這麼難控制？

「看起來你跟他之間真的有很多特別的回憶，而且你想要保護他對嗎？」順著俞皓的話進行了一陣子無意義的對話，諮商師再次把話題引導到核心。

「嗯嗯……要保護、要保護……」俞皓對於自己認同的說法絲毫不抵抗，很順從地跟著對方重複語句。

「那是不是……把他的祕密鎖起來，保管在誰也不能碰觸的地方比較好呢？」諮商師慢慢地提出自己的意見。

「嗯嗯……我會保密的……」俞皓乖巧地附和，輕聲咕噥著。

「但有時候，我們會不小心就把祕密說出來了對不對？這樣對他很危險呢……可是我們也不是故意的……該怎麼避免這樣的事情呢——如果連我們自己都忘了這個祕密……是不是會更好呢？」諮商師打開了香氛機，並將燈光的亮度改成柔和的暈黃，在俞皓的身邊輕聲提問。

「唔唔……這樣比較好嗎？」俞皓有點猶豫，但舒服的環境和昏沉的腦袋讓他很難主動思考，只能考慮對方的建議。

「他是皓皓重要的朋友，這個事實是不會改變的。」諮商師鬆開自己輕撫在俞皓眼上的手，讓他更舒服，「只是我們把祕密鎖起來而已，這是為了保護重要的朋友喔。」

「嗯嗯……為了重要的人……」俞皓已經陷入夢鄉，動了動嘴巴，幾乎是夢囈般跟著重複著。

「皓皓好好休息一下，醒來以後什麼都不會改變的。今天晚上回家之後，朋友重要的祕密就會一層一層地沉入你的意識之中，好好地被保管起來了喔。」

諮商師看俞皓陷入了沉睡中，蹲下身子在他耳邊重複著剛剛的對話，看對方已經沒有反應，才輕手輕腳地離開。沒想到打開門就看時燁站在門口，害她差點驚聲尖叫，連忙摀著自己的嘴。

「你幹麼站在這！」一改剛才溫柔體貼的樣子，諮商師豎起眉毛小聲斥喝時燁。

「順利嗎？」時燁沒給對方任何眼神，看著關起來的門問。

「你漂亮姊姊我出馬，還有什麼做不到的嗎？」諮商師拍拍時燁的臉頰，拉著時燁回到客廳，「在這邊說話會吵到皓皓的，現在是關鍵時刻，他的記憶正在重整呢。」

「喔。」時燁由對方拉著，在沙發上抱著抱枕呆呆地望著客房方向。

「這麼在意？」諮商師姊姊撩了撩自己的頭髮，取笑魂不守舍的表弟，「那你當初幹麼跟阿姨說要催眠皓皓，阿姨明明說可以保留他的記憶。」

「我覺得這樣比較好。」時燁簡略地回答。

「你又沒問過他本人，這樣很自私耶。」諮商師姊姊看這個家族表弟平常淡漠的樣子不爽很久，這次難得掐到對方弱點，當然要惡劣地刺激幾下。「皓皓可是一直說著你的事情，這一年他過得挺開心的，偏偏有人腦袋秀逗，硬要洗掉人家的記憶。」

喬裝成諮商師的女子其實是時燁家族的人，對俞皓等人進行的不是諮商而是催眠。

「我都要離開了，他記得這些也沒有什麼幫助。」時燁閉上眼靠向沙發，語氣平淡卻聽來有些悲傷，「在他的記憶中，我只是個普通同學的話，離別也比較容易。」

「……為什麼要把悲傷留給自己。」

「也沒有，總是會分開的，只是提前發生而已。」時燁站起身給自己倒了杯水，假裝不是很在乎。

「……既然你下定決心，那姊姊也不多說什麼。」表姊攤手表示無奈，嘴巴說不多說卻忍不住嘟噥幾句，「但我覺得皓皓很可憐啊，而且這些年來，你也就這一個朋友，還要把人家趕走，是自虐病嗎？就算分隔兩地，朋友還是朋友啊，偶爾聯絡聯絡也很溫馨啊。」

時燁放下水杯，看著他的表姊。

「姊，我想得到他。」時燁的聲音嘶啞，透露出忍耐許久的痛苦，「但對方只把我當朋友。與其保持著隔三差五的問候，讓我不停想著對方是否在乎我，不如不要對人有期待吧。」

「唉唷！我們家寶寶啊！」表姊看時燁俊美的臉龐搭著那憂鬱的眼神，整個心都給擰起來了，忍不住撲身向前抱緊，「你不要擔心，你是姊姊的寶貝啊！就算全天下的人都不愛你，還有姊姊愛你，如果你三十歲當了魔法師，那姊姊就娶你好不好。」

「……不好。」時燁一把推開表姊的魔掌。

「為什麼！」表姊挺了挺胸，「姊姊有什麼不好。」

「妳有哪裡好？」

「姊姊有胸有腰、賢淑良德、身手矯健、楚楚動人……種種優點說不完……只是不是你喜歡的那位，是吧？」表姊先暴風稱讚了自己一番，再摟住時燁安慰，「他們都不知道你明天就要走了吧？想好怎麼告別了嗎？」

「普通同學也不用告別。」時燁彎下身，將頭靠在表姊肩膀上悶悶地說。

「初戀總是這樣的，無疾而終的多。至少留下了好的回憶。」姊姊像是想到自己的往事，溫柔地拍了拍時燁。

「嗯，很美好。」時燁點頭，看著隔著一扇門而無法見到的人，輕聲道，「會是這輩子最重要的回憶，就算只有我自己一個人記得。」

第十章　是再見，還是再也不見？

盛大的校慶活動結束了，時燁等人短暫的失蹤在時家的斡旋下並未引起注意，同學們只關注著正式倒數的大考。但這天學校又再次熱鬧了起來，學校風雲人物時燁竟然在升上三年級的關鍵時刻轉學了。

「時燁同學即將轉學到英國的學校，儘管無法與大家相處到最後很可惜，但未來還是可能會有相見的一天喔。讓我們誠摯地祝福時燁同學未來一帆風順。」班導不顧同學們的喧鬧，相當官腔地布達時燁轉學的消息。

「欸！皓皓，這消息也太突然了吧！」同學們知道時燁與俞皓要好，紛紛小聲地向他打探原因。

「我、我也不知道啊！」俞皓不知道怎麼回答。第一他不知道這個消息，第二他覺得自己正陷入一種奇怪的情緒中。從他今天來上學開始，就不停的有人問他時燁的事情，彷彿他們兩個理應一起出現。他乍聽之下覺得合理，但心中卻隱隱約約地有些牴觸。

大家都說他和時燁是好朋友，但他自己卻覺得不太自在……腦中浮現兩人一起吃飯、一起打球，甚至去彼此家打電動的時光，但想不起細節，片段的記憶甚至殘破到無法拼湊成一個完整的對話。

而且時燁面無表情地站在講臺上，連眼神都沒有給他。讓他忍不住懷疑他們兩人真的很要好嗎？為什麼轉學這種事情，自己會跟全班同學一樣最後才知道。

「皓皓、皓皓！」紀安辛小聲的呼喚打破了俞皓的沉思。

「嗯？」俞皓回頭看不知道什麼時候移動到自己座位後方的紀安辛。

「時燁要轉學了!?他之前怎麼都沒說啊。」紀安辛看著班導帶著時燁離開教室，忍不住衝過來詢問俞皓。

「我怎麼知道啊！你們不要都問我啊！我也是今天才知道！」俞皓被心中莫名的沉重感壓得喘不過氣，口氣惡劣地回答紀安辛。

「你不知道誰知道啊?班上只有你跟時燁好啊。」紀安辛才不怕俞皓生氣,反手就捏上俞皓臉頰。

「……到底哪裡好啊!有你跟江書恆好嗎?」俞皓前半句小聲咕噥給自己聽,後半句倒是說得大聲。伸手也掐上紀安辛的臉頰,兩個人互相掐著爭吵。

「當然沒有我跟書恆好啊!我們幾年青梅竹馬欸。」

「秀恩愛啊?」俞皓揶揄他,以為他們兩人有什麼關係進展了。他可是清楚記得紀安辛是如何楚楚可憐地訴苦。嗯?為什麼那次籃球社集訓,時燁會在自己房裡?

「是啊。」和俞皓猜得不一樣,紀安辛沒有絲毫彆扭和停頓,大方地炫耀自己跟江書恆的交情,「你跟時燁就只是班上最好的那種,我跟書恆是生命之友啊。」

「喔~生命之友。」俞皓興致缺缺,只顧著拚命回想覺得不對勁的地方。半晌終於想起來,當時很巧合地,時燁和家人一起去了同一個度假村,兩人在那裡巧遇了……是吧?

片段的記憶互相影響著,前後順序和因果關係似乎都混亂了,俞皓想得太多，覺得頭很疼，就鬆開了和紀安辛互相凌虐的手，疲憊地用下巴靠著桌面。

「安安，要不要去福利社？」江書恆湊了過來，頭直接靠向紀安辛肩膀詢問。

「我懶得動，你幫我買吧！」紀安辛被呼喚後也跟著鬆開自己黏在俞皓臉上的手，大方指使著江書恆。自然毫不彆扭的態度，讓俞皓看著總覺得哪裡違和。紀安辛前陣子還宛如為愛煩惱的少女，江書恆過度靠近都扭扭捏捏的，怎麼突然坦蕩了起來，是不是他們兩人有什麼爆發性進展了！

「欸欸欸，你跟江書恆怎麼樣了？」俞皓一臉八卦地在紀安辛耳朵旁邊小聲詢問。

「什麼怎樣？」

「感情進展啊！」

「白痴喔！」紀安辛大笑，白了俞皓一眼，「你不要自己跟時燁好上就腐眼看人基好不好，兄弟情硬要說是基情。我喜歡書恆什麼的，真是太可怕了，我連想都不敢想欸。」

「咦？」俞皓看紀安辛坦蕩的表情之中一絲偽裝都沒有，心中升起了一些異樣。他正想問個清楚卻又被其他同學叫去，纏著俞皓問時燁轉學的理由，關於這個話題的煩躁感，壓下了心中對於紀安辛異常的疑慮。

時燁本來只是來學校辦理手續，希望不要和俞皓見面，以免影響催眠的結果。他下意識地避開了俞皓的目光，既然都要離開，就這樣保持距離吧。

「時燁。」沒想到臨走前在一樓遇到江書恆，他猜對方是刻意來找他的。

「嗯。」時燁點頭回應對方的呼喚，靜靜地等待對方開口。

「真抱歉。催眠，對我沒有發揮作用。」江書恆露出禮貌的微笑。

「我有猜到，畢竟催眠只是深度暗示，如果心志夠堅定是可以抵抗的。沒有經過你們的同意很抱歉，但這是家族的規定。」時燁點頭表示理解，沒有俞皓和紀安辛居中調和，兩人對話就變得客套而現實。

「我能理解，何況對我沒有造成影響，只是對那兩個傢伙非常有用啊。」江書恆突然放下偽裝露出了苦笑，「俞皓看起來很疑惑，而我家安安則是突然開朗了起來。」

「紀安辛怎麼了？我表姊下的暗示應該只是要你們忘記我的祕密而已。」時熚不解。

「暗示是以忘記自己心中最衝擊的事情，還有不能說的祕密為基底。」江書恆回想著當日進行催眠所聽到的話語。

「嗯，她能將這些部分壓到腦海的深處，讓被催眠者不再想起來。記憶本來就會隨著時間缺漏以及自動補完，被封鎖的祕密在沒有刺激的情況下是不會被喚醒的。」關係到紀安辛的事情，時熚補充著細節保證不會造成傷害。

「對安安來說，我的事情似乎比你的事情還要讓他困擾。」江書恆拿下眼鏡，揉了揉自己的太陽穴，苦澀地告訴時熚，「不只是你的祕密，他還遺忘了對我的心意。」

「……抱歉。」時熚瞬間理解江書恆的意思，想著曾經兩人單獨對話時，江書恆自豪對紀安辛的細緻控制不曾出過錯，沒想到意外竟然是自己造成的。

「我沒有怪你，我覺得這樣的結果也不錯。如果這件事情讓安安這麼辛苦，那他忘了也是好的。」江書恆勉強一笑，嘲笑自己曾經的餘裕，「我以為什麼都在掌控中，現在的忍耐都是未來的過程，沒想到安安痛苦到了必須遺忘的程度。」

「需要解開暗示嗎？」

「不用，如果對安安比較好的話，我反而應該要感謝你們。」江書恆重新戴回眼鏡，試圖恢復一向平靜又理智的自己，但聲音中的乾澀吐露出他的真實情緒。

「你們常常相處在一起，總會有契機讓他想起來的。」

「這就是你非得離開的理由？」

「都有，也是家族給我的處罰。即使對相關人等進行了催眠，但這裡有太多可能會讓我曝光祕密的人事物，我必須離開這裡。」時燁淡淡地點頭。

「皓皓那邊，你不跟他道別嗎？就這樣分開？」

「和我的相遇，對他來說太辛苦了。既然都要分開，道別也是多餘的。」時燁狀似平靜地說，眼神卻眷戀地看著教室的方向，他似乎看到了俞皓的身影。

「……保重。」這個結果到底對誰比較殘酷呢？江書恆想不出答案只能祝福彼此。

「你也是。跟你們一起度過的時光很珍貴。」

「我會記得的，到了那邊再聯絡啊。」江書恆看著時燁，知道可能是最後一次見面了。如果不是自己沒有被成功催眠，一切的回憶都只剩下時燁自己保管，這樣真的很寂寞啊。

「時──燁──！」俞皓的聲音從樓上傳來，「你等我一下啊！」

「我先走了。」江書恆看見時燁眼神隨著聲音充滿了光采，連忙把獨處空間讓出來。

等待的時間應該沒有太久，但為什麼卻覺得那麼漫長呢？這漫長中又滋養出期待的喜悅。時燁暗斥了自己後，才能在看見俞皓奔跑過來的身影時沒有撲上前去。

「時燁……同學！」俞皓在樓上發現時燁竟然打算就這樣離開學校，腦子一熱就衝了下來。但真的看到本人又突然覺得尷尬了起來。大喊對方名字後，又扭扭捏捏地加了同學兩個字。

時燁眼中期待的光芒在那兩聲同學中熄滅，繃著一張臉看著俞皓。

俞皓的野生直覺告訴自己有危險，連忙拿出不知道為什麼做好的餅乾，迅速地給了時燁，在他殘破的記憶中，時燁喜歡吃餅乾吧！

「你做的？」時燁看著俞皓遞上來的貢品，想到初次見面的場景，神色和緩了下來。

「對！不知道為什麼早上明明很想賴床還是起來做了餅乾……」俞皓也覺得自己莫名其妙，但似乎招數奏效，時燁的心情變好了。他其實還是很困惑自己是怎麼跟校園男神混上的，似乎有一天就好上了，這完全不合理的發展讓他有些介意，看著時燁總覺得陌生，因此自在不起來。

「嗯，謝啦。」時燁平靜地收下，看著俞皓尷尬的表情，心中有些唏噓。都是設想過的結果，真的發生了卻依然會覺得難過。

「……保重喔！雖然英國真的很遠，但或許還是能見到面，剛好、剛好跟我爸工作的地方同一個城市呢。」俞皓結結巴巴地說不好話。明明心中好像有什麼想說的，卻毫無頭緒整理不出來，只能隨口扯著。

他不想跟時燁告別，為什麼還沒釐清心中的異樣，對方就要離開了？

「你不喜歡搭飛機呢。」時燁想到了之前俞皓說的話，忍不住吐槽他。做不到的事情，就不要開支票。

「嗯？我跟你說過嗎？」俞皓疑惑地敲敲腦袋，「總覺得今天怪怪的，有些事情想不太起來。啊……我好像有跟你說過喔。」

「別敲了，會更笨的。」時燁怕他真的敲醒什麼，連忙阻止他。

「……你的意思是我本來就很笨嗎！」俞皓聽出時燁的弦外之音，生氣地鼓起腮幫子。但也多虧了這樣的吐槽，他覺得氣氛自然了一些。

時燁沒有正面回答，只是伸手像往常那樣想揉揉俞皓的腦袋瓜，沒想到對方大動作地後退了一步，這一步又將尷尬拉回，時燁放下了手默默握成拳。

「我差不多要走了。」

「呃、剛剛只是……」俞皓無法解釋自己下意識避開的理由，因此雖然想辯解，卻說不出什麼，只好轉移話題，「你為什麼不告而別啊？」

「昨天有說過，可能你忘記了。」時燁將視線移向地面，悶聲回答。

「有嗎!?」俞皓困惑地敲敲腦袋。好像依稀有什麼畫面跑出來，他們擁抱著討論了許多國家……擁抱!?

所以他們是這麼好的關係嗎？俞皓偷偷瞄了時燁一眼，對方低著頭看不出表情，落在他身上的樹梢陰影卻描繪出一片寂寞。俞皓頓時覺得自己剛才躲開的動作實在太過分了。

「真抱歉啊……我好像忘了什麼事情……」俞皓像敲打壞掉的3C一般用力捶打自己的腦袋，總覺得敲一敲好像會陸續想起什麼東西。

「可能是因為前陣子綁架事件，綁匪打到你腦袋的關係。」時燁抓住俞皓傷害自己的手，迅速編織了一個半真半假的故事。

「喔……好像有點印象！」俞皓被提醒之後，腦中確實浮現了跟綁匪扭打還有綁匪敲打他腦袋的畫面，沒想到這一敲就敲出了問題！真是太凶殘了。

「所以，你也是因此要轉學嗎？」俞皓看著時燁，擅自推理。

「嗯。」

缺失的記憶會自己填補出新的回憶，慢慢補完變得合理，只要時燁本人不在俞皓身邊，就不會產生矛盾。時間久了，自然缺失和人工缺失的記憶會逐漸融合，記憶再塑就不會有問題。

俞皓未來的回憶中，自己會成為曾經有過不錯交情、但印象也不是很深刻的高中同學。

時燁知道卻仍做了這個決定，在此時深刻感受到寂寞。

「我要走了。」時燁再次向俞皓告別。

「好……你保重喔！」俞皓努力壓下自己心中的衝突感，撲上去給時燁一個大大的擁抱，用力地拍了對方背部幾下。

這樣沒錯吧？他們應該是這麼好的關係吧？

時燁突然得到了俞皓的親近，直覺地就抱了回去，可能過度用力，他看到俞皓不自在的尷尬表情，只好鬆開手拉回讓對方舒適的距離。

「你也保重，祝你考上自己喜歡的大學。」看著對方圓圓亮亮的眼睛、蓬鬆凌亂的頭髮、僅及自己肩膀的身高，熟悉的日常都將在今天畫下句點，時燁還是想再多看幾眼，未來想念的時候能模糊得慢一點。

「——不是說要上同一間大學嗎!?」俞皓也不知道自己怎麼了，突然就說出了這番抱怨。看著時燁有些驚訝的表情，尷尬地摸摸自己的鼻子。

「嗯，很抱歉無法完成承諾了。」時燁突然露出了一點笑容，手還是忍不住揉上了俞皓的頭頂。

「我總覺得你沒完成的承諾還很多……」俞皓咕咕噥噥地抱怨。他好像開始適應時燁的碰觸了，哎，畢竟他們可是祕密兄弟呢……什麼祕密？

「唔……唔唔！好痛！」俞皓感覺自己腦袋突然抽了一下，什麼畫面蜂擁跑出。那是自己抱著一隻白色的小狗親著。但自己有過敏根本不可能抱狗啊？這隻狗哪裡來的？哎喲哎喲……為什麼想著這些事情，頭突然痛了起來……

「俞皓！不要想了！看著我……不要再繼續思考！」時燁看俞皓抱頭發出哀鳴的模樣，連忙厲聲喝止。

「喔、喔，好。」俞皓停止深入思考後覺得好了一些。看著時燁擔心的表情，露出了不好意思的笑容，「哎唷，是不是綁匪打得太大力，我剛剛突然頭痛了起來，希望不要變成白痴。」

「有些事情，想不起來就算了，那都是不重要的事情。」時燁蒼白著臉看俞皓皺著眉按摩頭部的可憐模樣。他的選擇是正確的，只要自己在俞皓身邊，那些無關緊要的片段會喚起俞皓腦中關於祕密的線索，與要守密的意識產生衝突，引發俞皓的不適。他必須趕快離開俞皓才對。留戀絆住了自己的腳步，只會給俞皓帶來危險。

「你趕快回教室吧，我再不走趕不上飛機了。」

「嗯……你保重喔！」俞皓總覺得依依不捨，眼眶也不知不覺中泛紅了。雖然不是沒經歷過同學轉學，但這次怎麼感覺就特別難受呢。

「我會，我會記得的。」時燁承諾。他會好好保管這份回憶。

「我好像忘了一些事情，但等我腦袋好一點，我會想起來的。重點是要保持聯絡喔！現在網路很方便的！」俞皓聽到鐘聲，笑著朝時燁揮手。

同樣一句話，從不同人口中說出就有不同的重量。俞皓說的話像是訣別前，對未來的天真幻想，每一句都讓時燁揪著心聽。

「俞皓，我很喜歡。很喜歡和你在一起的時光……」時燁也伸手揮了揮。在原地看著俞皓一點一點的跑遠，一點一點的縮小了身影，再也無法看到。時燁縮回手，轉過身也準備要離開。

「時——燁——」俞皓的聲音突然從遠處傳來，時燁連忙回頭，看到俞皓跑回了教室外的走廊，在高樓向他揮手，「要記得我喔！不准忘記啦！」

時燁說不出話，看著小小的身影蹦跳著朝他揮手，最後被老師敲打了腦袋趕進教室，讓他們最後的告別畫下了真正的尾聲。

時燁放下了手，輕輕地嘆了氣。

看著學校鬱鬱林蔭旁已經殘破的石椅、被學生們破壞過度的石磚走道，所有曾經不以為意的平凡都將成為追憶，時燁努力地將這一切收入眼中，才舉步離開這個乘載他太多美好的地方。

第十一章　停在上一章會被殺，所以有了下一章。

時燁來到這個國家，已經一年了。

畢竟沒有什麼共通的話題，在他的刻意緩慢回應之下，和俞皓的聯絡變得斷斷續續。

冬日的氣溫降至零下，已經習慣當地氣候的時燁僅穿著長風衣和圍巾。什麼事情都會習慣的，包括氣溫包括寂寞。今天他突然想到俞皓總是掛在嘴邊的知名景點大笨鐘附近散步，只因為名字特別就讓俞皓再三掛念的景點，其實也沒有太特別。

除了遙望著大笨鐘，四周依然是辦公大樓錯落的街道，偶爾還是會有自己仍在臺灣的錯覺，但不管身在哪裡，身邊少了一個人終究還是事實。而殘酷的是，記憶也在時光中褪色，曾經以為不會忘記的過去開始斑駁，和俞皓的回憶就算揪著也還是被新的日常取代。

昨天他吃了什麼、前天聽了哪一首歌，不小心都記住了。

時燁懊惱地發現自己記住了不重要的細節，卻開始想不起來俞皓曾經和自己分享過天上飛來的小鳥的顏色，明明這才是重要的。

是不是應該找個偵探，在臺灣幫自己收集俞皓的消息呢？他長高了嗎？頭髮長長了嗎？是不是要考大學了？

回憶褪了色，但思念沒有，反而隨著記憶的流失加劇了。

寒冷的冬日，可能容易讓人悲傷。時燁吐出了一口氣，化為空中一團白煙。沒想到在這口憂鬱消散之前，他迎來了一個熱烈的背後擁抱。

「時燁！」在時燁感覺到肘擊前，俞皓興奮的聲音傳來。讓時燁愣得忘記了反應，以為自己還在做夢。

穿得像顆球的俞皓，撥開了擋在嘴巴前面的圍巾，繞到時燁前方，開心地拉著對方的手搖晃。

「竟然會在這邊遇到你！是命運啊！」

「……你怎麼會在這？」時熚看著絲毫沒有改變，只是穿多了點的俞皓，困惑地問。

「我來找你的啊。」俞皓扠著腰，一臉得意地笑，但包裹過多的身子看起來像臃腫的貢丸，惹得時熚不真實感越來越強。

「是不是很感動？百分感動、千分感動、萬分感動哇。」俞皓看著時熚一臉呆滯，覺得自己的驚喜效果百分之兩千達成。俞皓開心地在時熚旁邊轉著圈，一邊對他說，「不過我們趕快找個地方坐下再說話，我快要冷死了。」

「嗯，你說什麼，我都答應。」時熚覺得自己在夢中，也就順著回答。

「那我們先去吃飯吧！當時說好的A5牛排不准賴帳啊。」俞皓開心地在時熚旁邊轉來轉去的。

「如果你真的來了，吃什麼都可以，吃一輩子也可以。」時熚伸手就將對方攬入懷中。只是過於臃腫的大衣隔絕了兩人的距離，像抓了團空氣，讓時熚抱得艱難又不真實。

「我真的來啦。」俞皓抬頭強調。過長的瀏海被毛線帽壓住遮擋了眼睛，看著俞皓亮晶晶的眼睛，時燁忍不住就親了一下對方眼角一下。

「欸──！你幹麼！」俞皓瞪大眼睛推了時燁一把，氣急敗壞地隔開距離，「大庭廣眾的，你幹麼！」

時燁被俞皓這一推推得清醒了，看著四周哄笑的人們還有漲紅了臉的俞皓，這下真實感回籠了。

嘖，如果是在夢中，連舌頭都伸進去了才對。

「我恍神了。」時燁順手捏了捏俞皓凍紅的臉頰，搓揉著讓他臉頰生熱同時變形。

「吼！這麼久沒見，你只記得要凌虐我嗎？」俞皓覺得臉頰熱熱癢癢的，一掌拍開對方的毛手。

和自己期待的「大笨鐘下浪漫巧遇，兩人相視而笑，時燁哭得眼淚鼻涕直流」激動重逢不同，對方慢半拍又莫名的反應讓俞皓憤怒。他可是克服了多少障礙跟困難來到異鄉的！

「我才想問你怎麼在這裡，來看你爸嗎？但你不是要考試了？當初不是說怕坐飛機？」時燁仍在半信半疑中，非要碰觸才能維持真實感，一會兒摸摸俞皓耳朵一會兒搓搓臉頰，惹得對方生氣抗議也不放手。

英國這麼遠，當初連綠島金門都要考慮再三的傢伙，怎麼就飛來了？真的不是做夢嗎？

「為了你啊！為──了──你！」俞皓看著時燁一臉平淡，覺得自己很委屈，跳上跳下地憤怒叫喊，「當初是誰黏糊糊的非要我答應，不管你在哪都要去看你嗎？我現在來了，你不帶我去吃香喝辣，竟然還欺負我！」

時燁聽著這久違的抱怨聲，噗嗤一聲笑了出來。竟然連這點也覺得懷念啊！

「現在就去，想吃什麼都買給你吃。米其林餐廳也帶你去，你在這裡待多久就去多少地方吧，沒地方住的話就來住我家吧。」時燁看著俞皓發白的嘴唇，搓揉了兩下，惹得俞皓又紅了臉。

「你怎麼老是愛在公開場合毛手毛腳的啊。」俞皓抿著嘴唇不給時燁靠近，扭著臉躲開對方糾纏不休的手。

「你以前都不在意的，怎麼現在小氣了起來。」時燁起伏的心終於踏實。俞皓真的來到他的身邊了。

「我長大了，有了羞恥心！所以我警告你不要亂來，不要以為……這樣就能上手。」俞皓還在為時燁表現不如預期氣鼓著臉，覺得時燁是不是在國外交了新朋友，就覺得他不珍貴了，立刻抱怨了起來，「你是不是在國外混了一年變壞了？也對別人這樣嗎？對、對男生女生都這樣嗎？」

時燁見俞皓喋喋不休的模樣太好笑，雖然想就這樣看他鬧彆扭，但對方冷得講話都在結巴，覺得還是該把人帶進室內，便攬過他的肩膀把俞皓小球往商場方向推。

「你的頭還好嗎？」時燁看俞皓似乎沒有了之前的不自在與尷尬，猜測他可能已經在分離的這段時間內補完了自己的記憶，雖然不知道補了什麼，但至少俞皓出現在這裡，想起了他們的約定，這讓時燁覺得幸福。

「嗯！我什麼都想起來了！」俞皓轉著眼睛，怪聲怪調地問道，「你說我待多久就能吃你多久、住你多久？真的？」

「嗯，你能吃多少就吃多少，想住多久就住多久。」時燁攬著俞皓，頭斜靠著對方的腦袋轉來磨去的，心情好得不得了。就算知道俞皓有什麼鬼靈精算盤也任由對方計算，反正這傢伙也就只是想坑他大吃一頓。

「那時燁大爺，請多多指教喔。」俞皓搓著手，笑得一臉諂媚，「我目標是在這邊念大學，可能要賴著你好幾年呢。」

「嗯？」時燁聽到完全無法預料的回答，震驚地回頭看俞皓，愣愣地重複對方剛才的話，怕是自己聽錯了，「你要在這邊念大學？」

「沒錯！哈哈哈哈！」俞皓終於看到時燁冰塊臉融化的表情，仰天長嘯三秒後，才得意洋洋地承認，「我們以後就是同學啦。你剛剛答應讓我寄生了，不能反悔喔！」

「當然不反悔！不過你考到哪間學校？離我家近嗎？還是我們要搬家？」時燁在這個重磅消息攻擊之下，開心得語無倫次，忍不住又懷疑這是不是夢，「等等你剛剛說我們要當同學。我其實是在做夢吧……俞皓怎麼可能考得上我們學校。」

「欸！你當著本人的面前這樣說好嗎？」俞皓生氣地踩了時燁一腳，「雖然我確實還沒考上啦……但我有這個目標嘛。」

「嗯，所以還沒考上。但你怎麼突然想要考這邊的學校？」

「喔，我爸說他派駐的時間要拉長，所以我媽就說要過來，我也就跟著過來了。」俞皓朝時燁燦爛一笑，「你很開心吧！是不是在這邊沒朋友啊，哥來解救你了。」

「當初抱持著這個想法選了英國，我想像過的千分之一的可能，沒想到成真了……」時燁看著俞皓笑得張揚的臭屁模樣，喃喃自語著。

「還好你在英國呢，不然我也沒那麼容易過來。」俞皓抓抓鼻子，有點不好意思，「但我媽說過來的條件就是要考上當地的學校，這個就要拜託你了。」

「……要考上我們學校是很艱辛的任務，不只是考試，還要申請一些資料。」時燁皺著眉認真思考可能性。

「哎唷，我剛剛開玩笑的，能考上一間就好了，哪求什麼名校。」俞皓對著自己的手呵著熱氣，這裡真的非常冷呢。

「不行。」時燁看俞皓的動作，一把抓起對方的手捂熱，「你來都來了，就要跟我念同一間學校。」

「呃……我申請不上的。」俞皓覺得大難臨頭，想要搖手卻被對方抓在手心裡，搭配著時燁無比認真的表情，俞皓低下頭，從脖頸處開始爬上了粉色。

這就是，自己堅持著要來見時燁的理由吧。

「可以的，我會想辦法。學校如果需要考試就讀書、如果需要社團成績你也足夠，需要社區服務證明也簡單。」

「被你說的好像有點可能性。」

「以上大概有1％的可能。」已經申請過學校的時燁沉思，手依然包覆著俞皓的手，就這樣牽著他一路從街道上走到百貨商場。

「這麼低⁉這裡能重考嗎？但我會不會要考一百年啊。」俞皓走到商場，覺得牽著的手溫度太高了，就把手抽出。

「一次申請不上的話，一百年應該也申請不到。」

「那我隨便申請一間吧！總有塞錢就能申請上的學校吧！」

「嗯，這是個好方法。」時燁像是被點醒了，一邊為俞皓脫下禦寒裝備一邊認真思考，「看看能不能今年就上我們學校。」

「嗯？」俞皓以為時燁在應付自己玩笑，乖乖地站在原地讓他整理服裝儀容的同時，也不忘吐槽對方，「你們學校哪是那種塞錢就能進去的學校啊。」

「可以的。」時燁滿意地看著自己打點完的俞皓，終於能好好看看這傢伙一整年的變化。然而很遺憾地一點也沒變！連身高都沒有增加一毫米，還是記憶中的模樣，澄澈的圓眼睛、小小的身板、還有不高興的時候會歪著抿起來的嘴，在自己記憶模糊之前，就把他找回來了，真好。

「時燁你不要敷衍我！」俞皓莫名地看著時燁一連串的動作。只見對方上下打量著自己，還比劃了下身高，這歧視感濃濃的動作是什麼意思！

「沒有啊，我很認真。」拉著氣鼓鼓的俞皓，時燁帶著他到商場的咖啡廳休息，快速地用一口流利的英國腔點完了餐。

「我連你剛剛說什麼都聽不懂，怎麼讀書呢。」俞皓突然領悟現實的殘酷，愁眉苦臉了起來，「媽媽說，我考不好就不能留下來。我當初可是花了好大功夫說服她才能來的。」

時燁本來忙著張羅俞皓的餐點，聽到這句話後突然想通了什麼，露出了滿足又得意的笑容。

「不是說，是媽媽要你來的嗎？那怎麼會趕你回去？」

「……」俞皓後知後覺地發覺自己露出馬腳，不高興地板起臉色。怎麼覺得時燁不如自己想像中的表現呢？信中明明說看到自己應該會很開心啊。他忍受著長途飛行和零下氣溫卻在異地被時燁糗了好幾次，想想真是不值得！

「我要回飯店啦。」悶著聲，俞皓生氣地要走人。

「不是說要住我家嗎？」時燁這才發現俞皓的不開心是很嚴重的，連忙拉住人並且把他的禦寒裝備都收在自己身邊，防止好不容易抓到的寶貝溜走了。

「你覺得我考不上學校對不對？只有我一個人努力克服萬難兌現承諾，來到這麼遠的地方只是想跟你在一起，你其實在笑我吧。」俞皓覺得自己心中那些恐慌冒了出來，不是沒有想過自己可能自作多情，他怎麼能相信那些花言巧語呢？時燁根本不需要他。

「沒有！我很開心你來到這裡。」時燁看著俞皓委屈到都要閃出淚花，連忙擠盡自己所有腦力說些煽情的話語安撫俞皓，還伸手做出發誓的動作，「我只是還沒回神，你一點提示也沒有就跑來了，我有點……不知所措。」

「那你很高興？」俞皓把眼睛張大，不容任何敷衍。

「很高興。」時燁連忙點頭，還露出笑容。

「很驚訝？」俞皓這次瞇起眼睛，一臉刁難。

「很驚訝。」時燁抓住俞皓的手發誓。

「被我嚇了一跳，感動得痛哭流涕是吧。」

「這輩子沒這麼感動過。」這句話真心誠意，沒有浮誇。

俞皓的心情很單純地又被哄好了。他開開心心地看著送上桌的鬆餅，服務人員還幫他用蜂蜜畫了個愛心，朝著兩人比劃了幾下，說了幾句英文。

「他說什麼啊？」俞皓看著時燁主動地替他切開鬆餅，心中的得意又復燃，拿起手機拍下這珍貴的情景。自己正從奴隸翻身做皇帝啊。

「他說我們很相配，祝福我們。」時燁一邊切著鬆餅一邊替他翻譯，切完了幾個小塊後，還貼心送到俞皓口中。

「嗯？」俞皓乖巧地張開嘴巴接受餵食，對時燁的玩笑話不動聲色地略過了，「好好吃！但我還是要吃牛排喔。」

「想吃什麼就吃什麼。」時燁太久沒看到俞皓，一心只想要把人寵得離不開自己，勤勞又體貼的模樣讓俞皓很滿意。

這才是他心中時燁應該表現的模樣嘛。

「我媽說要先在飯店休息，我太無聊就跑出來了。」俞皓乾脆不動手，貼在桌邊張著嘴等待時燁投餵，一邊嘰哩咕嚕地分享自己的飛行旅程，「沒想到迷路的時候突然看到了你，這是老天爺的幫忙呢。」

「是命運。」時燁看著俞皓微笑。

「嗯，是命運。」俞皓總覺得時燁今天有點帥，可能是長時間沒見面，太久沒看到帥哥被迷惑了，跟著對方也傻傻地笑了起來，「你在大老遠的地方、在好多好多人裡頭，也是閃閃發光的。我一眼就看到你，連忙跑過來，是不是帥哥的特殊能力啊。」

「是為了要讓你找到我。」時燁沉著聲音說，俞皓被他撩得雞皮疙瘩四竄。如果說時燁的臉看久了能長出抗性，那溫柔的時燁就是俞皓的死穴。

「你等等要回飯店？不來我家玩？」

分隔了一年才見面，時燁發現自己的想念比以為的還多。曾經的顧慮都無法阻擋，他現在只想把人帶回家看個仔細，最好還能伸手摸一摸，但要先餵飽才能宰來吃……

「嗯嗯，明天我爸還要來帶我們去觀光呢，我先回飯店休息調整時差。」俞皓咬著鬆餅，口齒不清地回答。

「這樣我很寂寞……好不容易碰了面又要分開嗎？」時燁彎下眉毛，使出全力撒嬌。

「唔咳、咳咳……」俞皓給這稀奇的光景嚇得差點噎死，「太誇張了！我之後就要住在這，以後天天能看到的。」

「我住的房子很大、很冷清，平常都沒有人來過。」時燁忽略了曾經造訪的家族朋友，努力垂著眉毛表現得很可憐很寂寞的樣子，噁心的話說不出來，用演的還可以。

「喔，一年來沒有交到朋友嗎？」儘管時燁演技很差，俞皓還是上當了，同情地看著時燁，「也是，你個性這麼古怪，一定沒朋友的。」

「……嗯？」時燁聽了俞皓分析氣得青筋直冒，但還是盡量維持委屈的模樣，咬牙承認，「所以你是不是應該要來？」

「我想一下，我有點累。」俞皓看時燁還有話想跟他說的樣子，自己也有想要深入了解的事情，看到本人之後，想得更多了，是不是該去一趟？

「你來的話，我就讓你摸摸。」時燁試著拋出了關鍵的誘餌。

「——!?」俞皓給時燁這番話嚇到，從椅子上摔下來，面紅耳赤地斥責，「你胡說什麼啦！誰要摸你啦！而且這裡人那麼多，萬一有聽得懂中文的人怎麼辦！」

時燁看著邊碎念邊從地上爬起來的俞皓，表情看來一無所知。時燁經過這次試探，明白俞皓並沒有恢復記憶，他沒想起來關於自己的祕密，缺失的記憶完美地自我補完了。

但俞皓依然來到了自己的身邊，為什麼？

「我隨便說說的。」時燁沒有深究這個話題，他一邊和俞皓閒聊，擦邊球地試探對方的記憶補完到什麼程度，一邊享受餵食萌寵的感覺。幾輪談話下來，時燁發現俞皓的記憶編織了一些沒有發生的事情來合理化缺失的部分。為了俞皓好，應該就此打住，並且保持距離才是，但當對方來到自己身邊，展現出對他的在意時，時燁實在很難拒絕這份誘惑。

「來我家坐坐吧，可以看到倫敦塔橋喔。」用完餐，時燁再次邀約。

「你住在能看到倫敦塔橋的地段!?」俞皓本來有點動搖的心瞬間順著時燁的希望走了，「那我要去！」

時燁在俞皓興奮地手舞足蹈的同時，細心地給他繫上圍巾、穿好外套、戴好了手套和毛帽，裹得像隻熊後才將人帶出商場。

時燁覺得很奇妙，對於自己假裝自然牽著他的手，俞皓絲毫沒有反抗，反而還雀躍地回握著。是出國太開心了嗎？變得這麼乖巧……讓他既開心又迷惘。

「這裡的冬天很冷，好不習慣喔。」俞皓看著兩人握著的手，突然覺得臉頰有點熱，連忙扯了話題轉移自己的注意力，「你為什麼不用穿那麼多，還能帥帥的只穿一件長風衣，這也是帥哥的超能力嗎？」

「不是，只是習慣了而已。你住在這裡一陣子就會習慣了。」時燁一邊和他閒話家常一邊思考著。

俞皓做事憑藉衝動、容易炸毛、過度天真的性格都還是一樣的，但對自己的態度又有些模糊，時燁看著俞皓不經意露出的點滴反應，心中的困惑感更強烈。

俞皓走在異國的街道上特別興奮，跳步著催促時燁前進，連看到街角麵包店都要驚呼，歡樂的反應讓時燁心情也變得愉悅了。拉著他走了許多街道巷弄，玩了幾個小時後才把筋疲力竭的俞皓帶回家，心中打著把人留宿的如意算盤。

「哇——」俞皓本來昏昏欲睡的狀態，在踏進時燁的租房後，瞬間恢復精神飽滿。第一時間沒有衝向看得到塔橋的落地窗前，反而迅速地繞了時燁的房間一圈，好奇地東摸西摸。

「我本來以為房間會很亂呢。」俞皓想起當初去時燁家玩耍的時候，在衣服堆裡發現時燁的零用錢的事情，他們那天還一起去……了哪裡？好像去了公園打球吧。

「嗯，我平常有在整理。」時燁無比慶幸自己剛才緊急聯絡打掃公司急件處理，將他的房間布置得簡潔又溫馨。

「真的很大！」俞皓轉了一圈後躺在時燁的沙發上，累到無法動彈的身體陷入軟綿綿的三人沙發中，但眼睛還是有精神地四處打量著，超過二十坪的空間幾乎是一個四人小家庭的住屋規格，俞皓再次讚嘆時家的財力，「看這樣子住五個人都沒問題啊。」

「兩個人就夠了。」時燁遞給他一杯水解渴，緊張地希望這位房客還滿意自己未來的家。

「嗯！一定會很愉快的。」俞皓接過水杯，笑得眼睛都彎了起來。

「你怎麼會想來英國？真的是因為我曾經說過想要一起上大學嗎？」時燁坐下，裝作漫不經意地詢問。

「嗯……有很多原因啦。」俞皓埋著臉喝水，不願意回答。他自己也說不清楚，為什麼時燁離開後，他老是想著時燁的事情，即使想到頭痛，他還是一直想。慢慢地找回來了一些畫面，片段與片段自動連貫了起來，但俞皓一直覺得哪裡有矛盾。他決定要來見時燁，想著想著又想起了曾經的約定——和時燁一起念大學？

曾經荒謬的約定卻讓人憧憬起來，於是俞皓努力說服媽媽、努力研究大學申請的條件。是不是自己心中的不踏實與空虛，在見到時燁之後都會得到解答呢？

在意，滋養出心魔，最終長成了執念。

「嗯，是什麼？」時燁直視著他和那不肯放下的水杯，還有因為緊張逐漸變紅的耳朵，「你說是為我而來的，這點是真的嗎？」

「……嗯。」扭捏不是俞皓的性格，他故作自然地放下水杯，假裝平靜地看著時燁，只是那紅紅的耳朵和歪著的嘴角怎麼看都破綻百出。

「你那句話有什麼意思嗎？」時燁覺得自己的呼吸幾乎要停止，澎湃不止的心跳讓他的體溫都上升了。

「什麼意思？」俞皓不解。

「嗯……為什麼為我而來？這裡比宜蘭、臺中、高雄，甚至比金門馬祖都還要遙遠。你卻到了這裡來，為什麼？」時燁沒有放棄，即使心中想也許這又是一次俞皓的脫線衝動，但心中希冀著萬分之一的可能，就像俞皓本人出現在這裡的奇蹟一般。

「我也不知道。或許因為不知道，所以我才會在這裡。」俞皓歪著頭，自己也覺得迷惘。

「我似乎因為那次意外遺忘了一些什麼，我想找到那些珍貴的回憶，那大部分好像是跟你有關的，所以我來這裡。」俞皓坐起身，努力地表達連自己都搞不清楚的念頭。

「嗯，謝謝你來這裡。」即使不是想像中的理由，但時燁依然感謝他不遠千里地來了。要恢復俞皓的記憶很簡單，他依然遲疑著是否要解開催眠的暗示。

如果記憶已經補完了，不知道自己的祕密是不是對俞皓比較安全？

「只是我冷靜地想了想，你還是不適合來這裡念書，太辛苦了。」時燁壓下自己心中真實的渴望，違背著心意改口，「你就當作短期旅遊吧，這幾天我會好好地招待你，讓你玩得盡興。」

俞皓不理解時燁態度為什麼突然大反轉，驚愕地張大嘴，半晌後憤怒地跳起身想要質問時燁，卻又因為腳軟往前撲倒，整個人跌在時燁身上壓倒了對方。時燁也怕俞皓受傷連忙抱著他。一來一往間俞皓牙齒重重嗑在對方下巴上，疼得俞皓眼淚汪汪。

但俞皓忍著疼痛壓制時燁倒在沙發上，自己順勢就坐在對方身上讓他無法動彈，摀著自己的牙齒憤怒開罵。

「什麼叫你想了想覺得我不適合來這裡，我賭上了什麼來到這裡，你覺得我只是想來觀光的？」俞皓氣得動手搥了時燁幾下。

「你先冷靜一點，我覺得你可能太衝動了。在這裡讀書跟生活和來觀光是不一樣的。」時燁伸手扳開俞皓的手，想要看看他有沒有受傷，俞皓卻張嘴用力咬了時燁手指。

「我只是不想你因為一時衝動而後悔。」時燁任由俞皓胡鬧，忍耐著自己想碰觸對方的衝動輕聲安撫。

俞皓居高臨下地壓倒時燁，嘴裡還咬著對方手指，看時燁在自己身下弱勢的的模樣，一臉無奈卻拿他沒辦法，連眉毛都困擾地皺著。打破對方故作平靜的面具，俞皓心情總算舒坦了一些。

「我覺得我就是對你太好了，你才會這麼任性妄為。」俞皓壓下身體揪起時燁的衣領，瞇著眼睛做出凶狠的表情，「叫我來的是你！叫我一起念書的是你！然後隨隨便便要趕走我的也是你？你憑什麼這樣耍我。我這次不會聽你話了，我會自己留下來，而且要住在你家！」

「你來我很高興，你要住在這裡我也很高興，我只是……」時燁再也無法維持平靜的表象，他心中掙扎著是否說出的真相，實在無法說出口，只能苦惱地嘆氣，看來困擾極了。

「你是不是……不能說出口？」俞皓像是想到了什麼，興奮地詢問。

「確實有太多說不出口的事情。」例如你這樣騎著人，實在是一件相當挑釁我的自制力的事情。時燁為難地苦笑。

「喔～那～……」俞皓發出了一個若有所思的長音，強拉著時燁的衣領固定住對方，接著他快速地低頭，輕快地碰觸了一下時燁的嘴唇。

時燁被這番奇襲嚇得說不出話，表情是俞皓前所未見的驚愕，這效果好得出奇，俞皓得意地大笑出聲。

「……你不知道自己在幹麼。」時燁沉著臉，攬起俞皓的後腰一個翻轉，兩個人的上下位置就顛倒了，看著俞皓不知死活還覺得很好玩地呵呵笑著，時燁覺得自己再不出手就是懦夫，於是他讓俞皓枕著自己手臂，將他抬起一點角度，鼓起勇氣輕輕靠近親吻了對方一下。

而俞皓絲毫沒有時燁期待的反應，紅著臉逕自笑得燦爛，這樣的泰然態度讓時燁覺得挫敗。如果對方沒有意識的話，親吻也就只是普通的肢體碰觸而已。

「所以～你懂了吧！」俞皓被壓在沙發上，凌亂的頭髮搔得時燁手臂癢癢的，而罪魁禍首還咬著嘴脣露出傻兮兮的笑容。

「嗯。」時燁喪氣地點頭，鬆開了對俞皓的束縛，面無表情地起身，撇開頭不想看這個讓自己心煩意亂的傢伙。

「這就是，讓心意相通的魔法啊？」俞皓沒感覺到隔壁時燁的低氣壓，紅著臉感嘆，「也太讓人害羞了吧。」

時燁無言地看著他。什麼讓心意相通的魔法，這個阿宅去哪裡學來的？該不會也對別人使用過吧！

「既然懂了，就不要鬧彆扭啦！應該知道我的想法了吧。」俞皓張著亮晶晶的眼睛，一臉期待地看著時燁。

「……沒有。」時燁克制自己想捏爆俞皓臉頰的衝動，手肘靠著膝蓋、手掌捂著嘴，連視線都不往俞皓那邊看去，賭氣地悶聲回答。

「失敗了嗎？那是不是應該多親幾下啊？」俞皓走到時燁前方，彎下腰捧著對方的臉頰，有些害羞又疑惑。明明說如果遇到什麼溝通困難的情況，親一下就能解決啊？心意相通的魔法怎麼失效了啊？不過也有說如果失敗的話，就多親幾次吧……媽呀，真害羞欸。

於是，在時燁呆愣無法反應俞皓話語中的意思同時，對方已經閉起眼睛又輕輕地親上來了。依舊是只有一秒的碰觸，時燁還來不及感受吻是什麼味道，就看見俞皓紅著臉，慢慢地張開眼睛，緊張讓他雙眼泛出了水光。

這副怯生生的模樣惹得時燁忘了剛才的打擊，一個反手壓住俞皓的後頸，不讓他離開。而他自己一個前傾，含住了俞皓的嘴唇，這次他刻意停留了一陣子，讓嘴唇和嘴唇的摩擦維持了三秒，甚至舔了俞皓一下，瞧著對方瞪視微笑。

「你知道這是什麼意思嗎？」時燁覺得再任由俞皓天真的撩撥，遲早自己會被逼瘋。乾脆將破罐子破摔，不是生就是死。

「是……心意相通的魔法啊。」俞皓呆呆地回答。他覺得自己的心跳變得很快很快，而時燁仍在他下巴上磨蹭的手指好像著了火，溫度出奇地高。在英國住久了，連體溫都會比較高嗎？

「是什麼樣的心意？」時燁看著傻愣愣的俞皓，又印了一個吻上去，「這是一個吻，你理解嗎？」

「我……」俞皓退了一步，腳步不穩，瞬間跌坐在地。把頭迅速地埋入膝蓋中，掩飾自己臉頰赤紅了一片。

「所以這是給你的懲罰。」時燁坐在沙發上居高臨下看俞皓失神落魄的模樣，又嘗了這天然到犯罪的傢伙一點甜頭，才覺得出了一口惡氣。他用鼻子哼了兩聲，有了和對方拉扯的心情。

「我……」俞皓龜縮在膝蓋間，囁嚅了半天，終於抬起臉來小聲說，「我當然知道啊，讓心意相通的魔法……是一個吻。」

本來以為俞皓天然得讓人氣憤的時燁這下被他的回答嚇到了，看著俞皓爬到自己腳邊，拉扯著自己褲腳，鼓起臉頰有些羞惱的模樣，突然感覺自己還是在做夢吧。

「以前……也這樣心意相通過了吧。」俞皓瞇著眼睛，雙手抱著時燁的膝蓋，柔軟的臉頰靠在上面，有些害羞地說。

「……嗯？」時燁不知道自己該為腿上的甜蜜重量驚嚇還是應該要先注視俞皓埋怨著的可愛眼神，從喉嚨深處嗆出了一個單音，卻讓俞皓誤以為對方在默認。

「因為我忘記了，就不告訴我了？你一個人記得我們兩個人的回憶，讓它變成了祕密，不會太沉重嗎？」俞皓嘟起嘴抱怨，視線從下往上凝視著時燁，讓對方心跳亂了拍，說不出一句話。

時燁看著俞皓有些害羞卻又甜膩地靠著自己，說著莫名其妙的撒嬌話語，開始認真思考自己是在夢中還是在平行時空？

「嗯……你從哪邊得來的靈感？」時燁忍著直接抓起俞皓上下其手的衝動，但手還是不受控制地摸上對方靠著自己膝蓋那毛茸茸的腦袋。

「我什麼都推理出來了啊，你當我這一年都白過的啊。」俞皓覺得很害羞，雖然在來英國之前就想過戰略，但真的執行起來還是有些不好意思。時燁又那麼被動，他只好自己上了。

「從哪裡推理出來的？」時燁一頭霧水，雖然很想感謝記憶擅自地將俞皓的回憶補完，但這個方向已經是超展開的等級了。

「你看我失憶，不敢跟我說我們交往過對不對！所以看著我的眼神才會那麼難過，然後也不太願意跟我聯絡，畢竟戀人忘了曾經相戀的過往，會讓你覺得很痛苦吧！」俞皓跪起身跟時燁平視，同時抓住時燁的手，激動地淚眼汪汪呼喊對方不要再故作堅強，自己什麼都知道了。

「……」時燁覺得自己低估了俞皓腦洞大開的能力，看著俞皓自己激動又昂揚的『演出』，時燁實在很無奈否認，「沒有這回事。」

「你為什麼不肯承認！到這種地步還要隱瞞我，這才不是為我好！你有想過我的心情嗎？」俞皓眉頭一皺，兩行清淚就掉了下來。

時燁沒看過俞皓真的痛哭的模樣，這下可不能再任由對方表演了，連忙拿過衛生紙給他擦眼淚，看他抽抽噎噎的模樣，暗自嘆氣俞皓的想像力已經到了奧斯卡等級。

不管怎麼說，他都為了自己而來，克服了搭乘飛機的恐懼，雖然起因都是誤會的想像太過火，但光是這份心意也讓他足夠感動了。他應該也要鼓起勇氣誠實面對。

時燁站起身將繫在褲子裡的襯衫拉出，接著解開釦子。俞皓看著時燁的突然動作心驚了一下，害羞地迅速摀起眼睛，但不忘留個縫隙偷窺。

「雖、雖然可能以前有發生過什麼，但我畢竟失憶了。我、我們可不可以慢點來啊……突然就發展到十八禁的劇情，我還沒準備好欸。」俞皓看著眼前已經脫光上半身的帥哥猛男，吞了口口水後支支吾吾地嚷嚷著，眼淚也不知不覺中停住了，現在要流下來的可能是口水。

時燁本來要一鼓作氣地脫掉長褲，但看著俞皓這副搞笑的羞怯模樣，想一想還是不要再刺激他以免等等又脫稿演出。深吸了一口氣後，瞬間變成了毛茸茸的小博美狗。

「哇、哇——哇……哇？」俞皓的滿腔委屈在看到眼前出現的小狗時，瞬間變成了滿頭問號。他無法理解本來在自己面前寬衣解帶的前男友怎麼瞬間變成了一隻狗？還是他眼花了？這裡本來就有一隻狗嗎？

俞皓揉揉眼睛又看看端坐著的小白狗，這個動作重複了五次還沒停止。

「汪汪（這個才是祕密的真相。）」

俞皓看著這隻毛茸茸好可愛的白色博美對他吠叫，然後不可思議地自己似乎聽到了時燁的聲音，但他人卻不在周遭，發出聲音的……只有眼前的這隻小狗!?

「啊……啊!?」俞皓摀住嘴巴還是掩不住鬼叫。腦中閃過了無數的疑問和解答，眼前的事實讓俞皓抖著聲音確認，「所以、所以那個祕密是這個！」

「汪汪（嗯，心意相通的魔法，其實是能跟我這個狀態溝通的方法。）」時燁把小爪子放在俞皓的膝蓋上，歪著頭看他。

「噢～噢噢噢噢噢——這是誰家的狗狗！怎麼那麼可愛呢～」俞皓一時忘記自己誤會的窘境，看到小白狗就想抱，衝動摟住之後才想到自己會過敏，接著又發現自己沒有過敏，欣喜若狂地抱著對方一直蹭。

「汪汪（所以你誤會啦。）」時燁博美用爪子推推俞皓，以免對方太過激動又親了上來。

「……」俞皓抱著小博美狗玩得正開心的瞬間，聽到時燁博美的提醒才想到，自己之前到底誤會了什麼，瞬間羞恥地紅了臉尖叫，「天、天啊！那我……剛剛……」

不但誤會了時燁和自己是戀人關係，擅自編織了這麼多故事，擅自衝來英國找人家說要寄宿，最後還來一輪撒嬌哭鬧，哇……超、級、丟、臉！

「汪汪（但我希望那是真的。）」時燁看俞皓終於理解了事實，想著要說的重要話語以狗的狀態說可能不太正式，就跳離俞皓，重新變回人身。

「啊？」俞皓聽到時燁的表白，困惑地抬眼看向對方，結果一副精健的赤裸軀體就出現在自己的眼中，不管是漂亮如刀刻的臉蛋、賁張的二頭肌、平坦的腹肌或是粗壯的大腿肌還有隔壁的隱密處，這個意外轉頭讓他把時燁的身材細節看得一清二楚。他腦中也宛如通關解鎖一般出現了新的畫面，原來自己老是有看到時燁裸體的印象，不是他們曾經怎樣怎樣，而是時燁變身了……他還一直以為兩個人已經是大人關係了呢！

俞皓慢半拍地遮住自己眼睛後，開始懊惱自己之前莫名的腦補，現在覺得非常糗無法面對時燁。

「我希望你的想像是真的，我希望那些吻都是心意相通所以發生的碰觸。因為我喜歡你，已經超過朋友的界線了。雖然任由你的想像發展也不錯，但我還是希望你真的知道發生什麼事情，再來考慮我們之間的事情。」時燁對著俞皓說。

「嗯嗯嗯，你先穿衣服喔。」既然還沒發展成大人關係，那麼時燁為什麼要赤身裸體跟自己說這些呢……等等，剛剛時燁說了什麼？說喜歡他嗎？那自己的妄想不是誤會嗎？

唔唔唔，哪邊開始是真的？哪邊開始又是自己的想像啊？

俞皓苦惱地偷偷看著穿回衣服的時燁，對方看起來優雅又自在，他忍不住皺著鼻子想，自己好像被人玩弄了。

時燁穿好了衣服之後，看著俞皓愁眉苦臉的表情，還有瞪視自己的不善目光，有點困惑。

「……你是不是對我做了什麼手術？改造腦袋的那種，不然我怎麼會誤會成這樣！」俞皓鼓著臉，惱羞成怒地指責時燁。他腦中出現了時燁曾經拉著他說家族處置知道祕密的人的手段，想來自己應該就是被處置過才變成這樣的！

「……雖然是有對你做過催眠要讓你遺忘一些事情，但絕對沒有添加多的東西到你的記憶中，完全是你個人胡思亂想的結果。」時燁無奈地澄清。這傢伙怎麼這麼容易催眠而且還很會自己補完呢。

「唔唔，太過分啦！現在好多東西開始湧上腦袋了……」俞皓抱著頭哀鳴。他這一年一直都活在補完的記憶中，現在出現了新的記憶片段推翻了，變成了和自己想像中完全不同的回憶。

原來自己做便當是被脅迫，不是因為在交往。

原來偶爾留宿彼此家不是在交往，是因為寵物契約。

那些閃現的赤裸還有曖昧都不是自己以為的那樣，而是朋友間的打鬧玩笑。

原來自己拒絕學弟的感情，不是因為有交往對象……那為什麼腦袋中卻一直想著時燁呢？

「回憶很痛苦的話，就不要想了。」時燁連忙抱住俞皓，低聲地安撫他，「當作我什麼都沒說吧。」

「你老是說為我好，擅自為我做決定，都不顧慮我的感受嗎？」新舊回憶撕扯著他的神經，疼痛讓他覺得自己委屈又憤怒。俞皓用力撥開時燁的手，氣急敗壞地對時燁大吼，「我這一年來活在假的回憶裡，自己想像了那麼多的事情，我覺得自己很蠢！」

「……對不起。」時燁看俞皓這麼痛苦的樣子，第一次開始懷疑自己做法是不是錯了，「我只是想給你最好的選擇。」

「我不想跟你說了，現在頭很痛。」俞皓閉起眼睛，費力地爬上沙發癱軟躺著。腦袋中點點滴滴關於時燁的記憶都被翻新了，原來事實是那樣不是他想的這樣，記憶宛如浪花一波一波地捲上覆蓋舊的，曾經有疑問的、模糊的地方也都變得清楚了。然而俞皓的心情卻無法釋懷，這一年來的情緒變化，與現存的記憶產生了矛盾，記憶可以翻新但情感不可以。當時誤會自己跟時燁交往過的時候，花了很多的時間思考，甚至接受了，現在卻變成了一場自導自演的鬧劇。

時燁不知道該如何是好，緊張得在旁邊幫俞皓按著太陽穴，希望讓他好過一點。看著俞皓眉頭緊皺、唇色發白、鬢角還溢出冷汗的痛苦模樣，時燁也難受了起來。

時燁一直以為在這場感情裡，自己是最辛苦的一方，藏匿著心意不敢讓對方知道，自以為犧牲自己為對方著想。但看看現在的結果，辛苦的到底是誰？難道不是被他喜歡著的俞皓嗎？為了回應他而放棄臺灣的學業來到人生地不熟的英國，雖然慢半拍但一直想著和自己的約定，這樣的人、這樣的朋友，他還有什麼好責怪，甚至是苛求的？

詭異的靜默在兩人之間旋繞不散，俞皓不知道自己躺了多久睡著了，迷糊之間看見時燁一臉擔心的表情，他還有些轉不回神。打著呵欠、慢吞吞地回神之際，他才想起稍早之間發生的連串打擊，瞬間沉下臉色，不知道該如何處理。哎，真是太混亂了。

「不要生氣了……你覺得怎麼樣比較好，我都會聽話的。」時燁在俞皓沉睡的一個小時間，就這樣看著對方眉頭緊擰的睡臉，心揪成一團，只想要俞皓恢復平常精神奕奕的模樣，不管要自己怎麼樣都可以。

俞皓睡了一覺，心情也變好了一些。本來就是樂天派的他，生完氣也就把情緒發作過了。既然人來了，也不想一直鬧情緒。

雖然這一年的誤會有點糗，但確實也讓他在不停的思考中想清楚了自己的心情，在性別、未來、距離等各種門檻之下，俞皓只想到一個前提——『如果每天都可以跟時燁在一起就好了』，簡單的答案卻是自己最誠實的心意。甚至在誤會『心意相通的魔法』時，沒有反感，只是想著和時燁親吻是什麼感覺，見面了一定要親身體驗一次，催眠所造成的誤會卻成了他想通自己心情的關鍵。

即使現在誤會解開了，俞皓還是沒有推翻自己的心情。但看著平常囂張的時燁一臉擔憂不安的模樣，讓他一陣舒爽，決定再刁難他一下。來之前，媽媽可是有教他遠距離『馭夫術』呢。

「我想我們需要溝通一下，我要確認你是不是真的知道自己哪裡有問題，你先說一下你的想法。」俞皓模仿著媽媽跟爸爸吵架的表情，一臉冷淡的高姿態模樣，還雙手環胸裝腔作氣勢。

雖然俞皓的行為舉止很怪異，但時燁心虛在前，也就沒有深究。只想著盡力討好俞皓，希望對方龍心大悅不再計較，然後就待在自己身邊一輩子才好。

「你在我身邊老是受傷，那我還留住你是不是只是我的自私……」時燁低著頭，很不自在地說著自己的心情。

「你有問過我的想法嗎？」俞皓輕哼。

「……你身邊有很多的朋友，我想應該不會有差別。」時燁自嘲地笑。

「你、有、問、過、我、嗎⁉」俞皓現在終於能體會媽媽為什麼老是會在吵架時崩潰飆高音了。對於悶葫蘆的『另一半』，平常不講話，卻在關鍵時刻掉鏈子，真的是很讓人困擾欸。

「……沒有，可是——」時燁不想被誤解自己擅自作主，他明明是為了俞皓著想的。

「不准辯解。」俞皓盤起腿悠閒地坐在沙發上，側身看著時燁一臉有苦難言的憋樣，心中的愉悅感直線攀升，整個人向後一靠，一臉興師問罪，「你先告訴我你的想法。你希望我留下來嗎？如果我在這裡讀書、跟你住在一起，你覺得怎麼樣？」

「很開心。」時燁猛然抬頭，眼睛散發著希望的光芒。

「就算我不做飯、不做家事、不付房租、不出生活費？」俞皓觀察時燁的表情變化，媽媽說吵架的時候就是談條件的時候，條件談得好，出嫁沒煩惱……嗯？好像哪裡有問題。

「嗯，你什麼都不用做。」時燁連忙舉手起誓，證明自己的誠意，「我來就好。」

「你會做？」俞皓驚訝。沒想到獨立生活一年讓貴公子變成家務達人了嗎？

「我請人來做。」時燁理所當然地說。

「……嗯。」俞皓感嘆時燁果然還是不沾陽春水的小少爺啊！不過這樣確實能省掉很多麻煩，自己只要負責基本家務就好。哇，這就是媽媽說的嫁進好人家的意思嗎？不對不對，應該是娶到好媳婦，自己是上面的！上面的！

時燁看俞皓表情變化萬千，心中擔憂加劇，覺得自己似乎應該開出更多的支票，來獲得選民的支持。

「……我來做。」時燁以為俞皓嫌棄自己不做家務，只好咬牙割地賠款，「掃地、拖地、洗衣、倒垃圾，我都做。」

俞皓沒想到媽媽的方法那麼有用，懶惰小少爺竟然願意讓步到這種程度，當下嘴巴都合不攏忘了給對方反應。

「煮飯、煮飯的話……一星期你可以煮一次嗎？其他的時候吃外面……或者是我煮也可以，但偶爾偶爾能不能你煮一次，我想吃你煮的……不然逢年過節也可以再做？」時燁看俞皓還是不講話，只好繼續限縮自己的願望，說到最後自己都一臉絕望。

「哇靠！時燁你腦袋壞了喔？」俞皓終於從震驚中回神，毫不客氣地狂笑出聲。沒想到時燁這麼好掌控，竟然犧牲到這種地步，媽媽教的『馭夫術』實在太有效了吧。

本來一臉卑微的時燁開始發現異樣，笑得捧腹的俞皓看起來非但沒有生氣的樣子，還恥笑他的誠意。向來吃不得虧的時燁迅速地解讀現在的氣氛，發現自己似乎估算錯情勢，被將了一軍。

「既然你都這麼說，那我就接受吧。」俞皓笑到流了眼淚，一邊擦拭還一邊高姿態地取笑對方。

「接受什麼？」時燁準備找回控制權。

「接受你的道歉。」俞皓還沒發現時燁逐漸露出了攻擊面，笑得得意兮兮的，得寸進尺地伸出食指在時燁鼻子上點啊點地挑釁，「剛剛都是你說的喔！我不下廚、也不做點心，更不用做家務。」

「嗯，好。」時燁毫不遲疑地答應，一點一點地將自己的身體挪近對方，張嘴就咬住俞皓的手指，俞皓以為在跟他玩，還一下抽出一下戳入地逗弄著時燁，覺得自己占了上風笑得歡樂極了。

玩了一陣子，俞皓才後知後覺地發現自己已經被時燁圈進懷中了。對方的手撐在自己的腰後方，然後自己悄悄地被往後推倒，時燁咬著他手指的動作好像怪怪的，為什麼要用牙齒磨！

「你、你起來一點。」俞皓慌了，想抽手卻被咬著。只能用另外一隻手推抵著越來越靠近的身軀，熱源伴隨著劇烈的心跳壓了上來，感覺太鮮明，即使是俞皓也無法忽視了。

「我什麼都答應你，那你呢？」時燁整個人直接壓在俞皓身上，手拉著俞皓的手讓他無法推開自己，將對方作惡的手指用牙齒輕輕蹭著。看對方赤紅了臉頰，想著今天真是美好的一天。

「我要答應你什麼？」俞皓不明白怎麼情勢逆轉了，剛剛明明自己占上風的啊？現在被壓住，好像怪怪的。

「我們心意相通了嗎？」時燁將俞皓的手往上拉，讓兩人完全貼合，嘴脣就貼著俞皓的說話。

「喂喂喂！你幹麼！我還在生氣，你少亂來喔。」俞皓覺得現況不妙，時燁的心跳太大聲，讓他的心跳也變得急速。而且對方漂亮的眼睛帶著促狹和莫名的情緒注視著自己，讓俞皓閉起眼睛不敢再和對方對望。

「我們心意相通了嗎？」時燁惡意地壓著對方，這次的吻落在對方脣角。

「相通個屁！你給我放手啦。」俞皓無法推開時燁，只能臉紅耳赤地吶喊。

「我們心意相通了嗎？」時燁掌握了俞皓的情緒，知道他只是羞惱，快樂地進行自己甜蜜的報復。

「誰跟你相通——唔唔唔！」俞皓張開眼就要吐槽時燁，沒想到對方逮著時機又親了下來，這次還進行了更進一步的深吻，俞皓被親得無法呼吸，只能哀鳴。

「我們心意相通了嗎？」時燁樂此不疲地詢問。

「嗯！嗯！通了！比通樂還通。」俞皓迅速點頭承認。

幾次攻防下來，俞皓精疲力竭地認輸了，為時燁的無恥投降。他已經被吻到淚眼汪汪幾乎要哭了，『心意相通的魔法』太可怕了。

時燁這才甘心把俞皓拉起來，圈著對方的腰，笑得眼彎彎的。俞皓知道自己的優勢消失了，抿著嘴不敢說話，怕又惹得對方神經病發作，明天再問問媽媽幾招來制敵吧。

情場如戰場，輸了一次就是輸了一輩子。

俞皓窩在時燁肩膀上，心裡暗自思考著未來的策略，要依照媽媽的交代小心迎敵才是。不過問題能解決，兩個人的誤會解開了是最重要的，畢竟自己是為了時燁來到這裡，如果一直不和好也是好困擾啊。

忍不住嘆了口氣，俞皓覺得人生真是意外不斷，一次突發事件就讓自己的人生規劃大轉彎了，這大概就是老天爺的安排吧。

「你……如果會後悔再跟我說。」時燁感覺俞皓嘆了氣，小小聲地對他說。他心中還是有很多不安全感，即使把人抱在了懷中，還會怕得來不易的幸福離去。

「我很喜歡的漫畫裡面有一句話我很喜歡。」俞皓摸摸時燁的腦袋表示安撫，「他說人的存在，就是自己的記憶與別人對你的記憶所構成的。」

「嗯？」時燁不了解俞皓說的話是什麼意思，稍微拉開點距離看著對方。

「我跟你擁有共同的記憶，那是我們獨一無二的共同存在，而你擅自剝奪了我的記憶，讓自己變成了單獨的個體，也讓我失去一部分的存在，這樣太自私了。」

俞皓想著當初啟發自己對這份感情認知的關鍵，很努力地警告時燁，「不管是為我好還是怎樣，不要為我下決定。」

「好。」時燁看著俞皓，很慎重地點頭，然後很小聲地詢問，「所以你恢復了記憶之後，還是願意留在這裡嗎？」

「我願意啊。」俞皓認真點頭，握著時燁的手，「不管是找回記憶之前還是之後，想要和你在一起的這份心情都沒有改變。」

「謝謝你。」時燁的心情千折百繞，最後只說得出感謝。謝謝俞皓為了他來到這裡、謝謝俞晧對他伸出了手、謝謝俞晧選擇他，謝謝俞晧……永遠比他勇敢。

人與人之間，不知道在什麼時候，會和誰產生交集，也不知道這個交集會在什麼時候變成了影響人生的轉捩點。能做的大概就是珍惜每一次的相遇，並且勇敢地踏出選擇的腳步邁向未來，即使彎彎繞繞，幸福還是會降臨的。

「我們心意相通了。」俞晧點頭，這次自己傾身向前給了時燁一個吻，露出大大的笑臉。

後記

到了尾聲。

這是我的第一部長篇小說作品，而今天也到了尾聲。謝謝你們從第一集看完後還願意等待第二集，並且購買第三集，希望你們從這系列獲得的樂趣到了結尾依舊。

第三集的主軸是「選擇」。我們每天都在面對選擇，或大或小五花八門，從午餐吃什麼，到考哪一間學校，其實每個選擇都影響了未來。即使看似渺小、看似善意，都可能造成天崩地裂的後果，或許這也可以說是「命運的不可預期」。書中的角色都以為他人著想而出發，卻迎來了超出預料的結果，似乎預示著選擇的不保證性跟基金投資一樣有賺有賠充滿風險，因此對於「選擇」，我個人傾向勇敢一點。

既然不可完全預期，那麼還是多加嘗試看看吧，更能增加人生的豐富與精采。

番外篇是我盡心思考的內容，能夠補完這個故事的世界觀與視角，不管是M、Y、A子的存在或是故事中的配角，每個人都有自己的生活，他們雖然是故事中的配角，卻也是自己生命的主角。配角影響主角，主角牽連配角，這也是我最近正在思考人與人的關係結構中很有趣的地方。

人終究是群居生物，因此容易受到彼此影響，不管是好的還是壞的，情人或是仇人都會影響你，同溫層的建構與生活圈的選擇，都將形塑成「我」。像是故事中時燁最在意的是俞皓，但他依然會受到江書恆以及紀安辛影響而改變自己，交互影響之下刺激了本來既定的生命藍圖，這就是關係的趣味處。我試著在最近的作品中討論這些，希望能為命運的不可控制性排解無力感，希望能和角色一樣變得勇敢一點。說到這些也是因為最近有讀者詢問我這些問題，讓我思考了許多事情。當中也是看了《記憶的怪物》第三集後，產生了新的靈感，與我想要的結局不謀而合，因此特別向ＭＡＥ老師申請了文句使用的授權（？）。人的存在意義，是由自己與他人形塑的，因此每個人之間彼此編織出來的記憶都是獨一無二的存在證明喔！每一個讀者的信件與留言對我來說也是這樣，成為了力量、成為我的點滴血液，感謝大家陪我到最後，也歡迎大家來到我的社群跟我玩唷。

本來第三集的結尾不是這樣的高糖，是結束在俞皓前往英國後，依然沒有恢復記憶，比較靠近ＨＥ的ＯＥ。但在延遲出版的期間，許多讀者來問候我的同時向我許願，希望他們有一個明確的未來。十八禁的車我開不了，給個未來還是能做到的，希望有滿足到大家喔。光是在翼想本讓他們確定關係，就已經讓我鼓起很大的勇氣破格了XD。畢竟這系列就是點到為止，撩完就跑啊。

希望你們看完了這本書，覺得很開心！那就是閱讀最棒的價值啦。

好的，接下來。進入世界的補完吧。

2019/8/28 杏桃

番外篇　安生

我最喜歡白雪靄靄的日子，從房間窗戶看出去的景色都染上了我的顏色——純潔的白色，信徒們是這樣形容的。每當看著他們流著淚握住我的手，說自己被淨化的同時，我心中總感到喜悅。這就是我誕生的價值啊，這就是我異於常人的理由啊。

每天我只能在神廟的小小一隅行動，等待著信徒們來與我見面，偶爾會有特別需要淨化的信徒需要進行深度祭祀，每日周而復始的生活讓我覺得寂寞。我想走出這個方規之外，看看這個世界、看看信徒們的日常，是否有不同之處。

除了神代的生活，我也想體驗平常人的生活。

直到「他」的出現，帶給我許多不曾明白的感受。教會我許多情感，像是快樂、期待、不安……還有痛苦。

原來我自以為的特別與習以為常的一切都是假象，我的生活其實是被人安排與控制的。

知道越多村外的故事就覺得自己宛如籠中鳥，除去了「神代安生」這個身分，「安生」還剩下什麼呢？

神廟裡的婢女姊姊幫助我和村外的「他」偷偷見面，每次見面總為他口中的正常世界心生嚮往，又偷偷地為自己的不正常自卑。

這樣優秀的人真的會喜歡我嗎？

或只是一次珍稀的賞玩？

那日分離前，他握著我的手，給了我一個吻，顫抖著問是不是玷汙了我，將什麼都不懂的白紙染上了情慾的紅。

啊──那一刻才知道我是多麼汙穢的人，根本配不上他。

即使如此，我依然克制不住想與他見面，但每次見面就覺得更加痛苦一分。他以為我是為了現狀而苦，於是提出逃離村落的計畫。他說離開了村子，我們可以換個名字，重新開始。

然而，他不知道名為安生的這張白紙染上的豔紅，早已經在數不清的深度祭祀中被渲染到找不出絲毫純潔之處了。即使換了姓名，骯髒的靈魂依然是骯髒的。

我編織了一套謊話懇求婢女姊姊幫忙，將村子的平面圖以及背後交易傳遞出去，同時慫恿戀人主持正義、懲罰這些罪惡。等待村子的結果會是什麼我很清楚，而且……期待。

那些曾經灑落於我的眼、鼻、口、舌……噴濺在我肌膚上的每一寸白濁，都將成為屠戮的怒火，把這個將我從純白中孕育，同時欺騙、玷汙我的村子燃燒殆盡。那些教育我的無知之人、保護我的天真之人、破壞我的世界之人，都應該與我一同死去。

我是這個村子的神代，這是神所賦予我的身分。
既然純白的安生早已不在，災難就將降至。
我生而為神代安生，死而為「神代安生」。

番外篇　Y子

我喜歡嚴正宇。

不要誤會，只是朋友的那種喜歡。

我和他國中在籃球校隊時期認識，當時我還比他高一些，他的寸頭又短又刺，我總喜歡揉個兩下，正宇是像我弟弟一般的存在。

然而人總是在成長過程中，才會發覺自己的天真。我發現自己的籃球天分實在普通，不可能靠打球吃飯，毅然地退出了球隊，成為普通科學生。我學會了裝扮自己，留長了頭髮、塗上了濃豔的口紅，幾乎將自己武裝成另外一個人。

而正宇除了身高以外，從來沒有改變。

他追逐著崇拜的學長腳步，一點一點的前進，即使被眾人欺侮也不曾放棄，因此我為他成立了後援會，為他的勇敢加油。

正宇想做的都去做吧！想喜歡的都喜歡吧！

也許我沒有成就自己夢想的本事，但我有成就你的夢想的本事啊。你的夢想，就是我的夢想。

我把自己未盡的願望，投射在他身上，我想守護這個耿直到愚鈍的男孩。沒有我，他一定會遍體鱗傷的，還好有我。

懷抱著這樣的信心，我逐步為正宇規劃，但這孩子卻老是違背我的計畫，溫吞吞地裹足不前，中途還跑出令人生氣的程咬金，最後連我精心規劃的表白大戲都草草落幕，讓人大嘆恨鐵不成鋼，恨子不成龍啊。

我以為程咬金的轉學會是機會，沒想到正宇一臉憂鬱卻堅定地說，要等著學長看見自己。

他永遠都在原地等待。

正宇總是抱著他的寶貝籃球，用笨拙的直球示好攻略著比他還遲鈍的學長。不管我寫下多少曠世計畫、怎麼鼓勵甚至是叫罵，正宇依然故我。

孺子不可教，氣死孟母我也。

當學長在畢業前夕放棄國內大學，不顧眾人阻止前往英國時，正宇只是給了對方一個擁抱，淡淡地要學長保重。我氣得一口血就要噴出，老娘發誓再理這傢伙，我就是頭比嚴正宇更蠢的豬。

然而，當正宇抱著他那顆籃球出現在我家門口，問我要不要打一場的時候，我還是去了。啊啊啊，我果然是頭豬啊。

我連眉毛都沒畫，穿著國中留下來的運動服，充當撿球員的角色。看著正宇在微弱的路燈下，一下一下地將球投入籃球框中。

一個小時、兩個小時、三個小時……第四個小時，我的眼淚一串一串地掉了下來。

正宇笑著問我為什麼哭，我氣得大罵他一頓。這一年的時間不好好把握，直接推倒了上啊。現在失戀了，還不給對方臉色，窩囊地龜在這邊做什麼!?

大量的汗水從正宇的寸頭滴落，蜿蜒地從額頭到脖頸，我可不會詩情畫意地說好像眼淚，因為哭的人是我。

憑什麼正宇這麼這麼這麼地喜歡學長，卻什麼回報都沒有？他是這麼這麼這麼好的人，體貼、善良、帥氣、可愛、正直、溫柔、幽默，身材高䠷、手腳修長、鼻梁挺直、肌肉賁張……把我所有知道的形容詞輪番用完後，我的眼淚才止住了一些。

我代替他哭了，接下來我也會帶著他撫平失戀，然後守護他的夢想，誰都不能欺負他！

我喜歡嚴正宇。不要誤會，只是朋友的那種喜歡。

番外篇　恆星

故事如果到了一定字數，你就知道要收尾了。

我以為人生的故事也是如此。假設你能活到六十歲的話，十七歲就是故事的起章吧。因此起章辛苦一點、迂迴一點也很理所當然不是嗎?未來幸福就好了吧。

我懷抱著這樣的想法規劃自己和安安的人生，在十七歲以前都很順利，小學、國中、高中，一路都這樣順心如意地走了過來，未來也會是如此的。

過度的自信讓我忽略了安安的狀態，我以為他牢牢地掌握在我的手中，我編寫著他的感情、他的情緒、他的未來，或許我不知覺間懷著「我選擇了他」的優越意識。

因此漠視了他的痛苦和眼淚，以為十七歲只是中間橋段，不重要的過場，卻

沒想過十七歲也可能成為終章。

安安的遺忘成了我最大的報應。看著忘了對我的感情反而更加自在的傢伙，我心中又氣又覺得自己活該。下一步該怎麼辦呢？我第一次無法預見未來。

「江書恆，我不想念書啦。」

「阿恆，我認真覺得考不上跟你同一間學校耶。」

好，你說什麼都好。十七歲以前我總想著要控制你，讓你順著我的軌跡走；十七歲以後由我來順著你，你想去哪就去哪，想愛誰就愛誰，想要什麼就要什麼，我都會跟著你直到終章。

屬於我們的終章，會是什麼時候呢？

如果這一天可以不要來就好了。

「書恆，我要跟你當一輩子的兄弟。」

「好。」

番外篇　皓皓的小祕密

嗯，給未來的你……（不對，是我。）

如果有一天你看到這封信，覺得很陌生的話。那就代表我所擔心的事情成真了……（哇，這樣開頭好有史詩遊戲感。）

總之，你必須守護時燁！你應該還記得他吧？

那是對我們來說很重要很重要的人。

既然他選擇修改我們的記憶，那我必須尊重他，不能把「真相」直接告訴你。（但不用擔心，我會給你足夠的暗示，記得存檔。）

在高二的時候，因為一件意外，我和時燁發展出了特殊的友情關係。（多特殊不能直接說，你猜猜吧！我這麼聰明應該是能猜出來的。）

雖然和他認識以來的日子，總是不停受到物理傷害，導致我的HP不停降低，但補充紅藥水也就咻咻咻地補回來了，我還是一條鐵錚錚的漢子，不會因此責怪他的。現在是如此，未來也是，你要切記不管他說什麼、做什麼都不要生氣，他只是要任性求關注而已。

這種時候就幫他做點吃的吧！越甜越好！一層便當、兩層便當、三層便當不能擺平的話，就做五層吧！他吃飽了就好了。

當你發現「祕密」的時候，一定很震驚吧！但不要擔心，衝上前擼他兩下就好，他會很高興地搖尾巴的，畢竟是我的傲嬌◯◯嘛。（怕祕密曝光只好用空格代替，請自行填入答案。）

我跟時燁一起經歷了很多很多的事情。我總忍不住想，那些往常我一定會覺得麻煩的事情，都因為他而變得有趣了起來。哎，這就是主人的心情吧。

當他靜靜地看著我的時候，我的心臟就會緊縮。

當他伸出舌頭舔舔我的時候，世界都變成了粉紅色。

雖然平時很高傲，但撒起嬌來真的是不得了！我總是被吃得死死的，但別擔心，我很樂在其中！所以你也會的！

千萬不要被表面給騙了。他越冷淡，你就要越熱情。有一句話說烈男就怕痴女纏（？），傲嬌的時候就順毛摸吧。

如果……如果真的不能溝通的時候……就用絕招吧！

我教你讓「心意相通的魔法」——那就是親親。

親下去就成了。

壓下去、親一下、舔一口就成功了！

魔法施展之後，就能夠溝通了。

第一次會覺得很神奇，但習慣之後就好了，不管他說什麼，最好不要給他時間準備，直接壓下去吧！

雖然時燁老是喜歡擅作主張，說都是為我好做決定，這點真的很讓人生氣，但你還是要冷靜下來處理，不能因此生氣就不管他了。否則時燁可能會把自己搞不見，這樣我們養了那麼久的○○就太得不償失了。這傢伙吃了我多少的愛心便當還幫他洗澡拖地晒衣服，千萬千萬不能放過他，他去天涯海角也要跟去！不能讓前期投資變成壁紙一張！一定要摸回本才划算啊。

俞皓加油，為了我們的幸福未來。

一定要記得，時燁很脆弱，他需要我們的保護。不管你還記得多少、記得什麼，一定要記得待在他身邊，永遠永遠都不要離開。

翼想本

誘捕！不聽話的寵物男孩 3

著　者／小杏桃
榮譽發行人／黃鎮隆
協　理／洪琇菁
執行編輯／楊國治
企劃宣傳／楊玉如、施語宸、洪國瑋
文字校對／施亞蒨
封面插畫／MAE
執 行 長／陳君平
國際版權／黃令歡、梁名儀
美術編輯／李政儀
內文排版／謝青秀

出版／城邦文化事業股份有限公司 尖端出版
台北市中山區民生東路二段一四一號十樓
電話：（〇二）二五〇〇－七六〇〇
傳真：（〇二）二五〇〇－二六八三
E-mail：7novels@mail2.spp.com.tw

發行／英屬蓋曼群島商家庭傳媒股份有限公司城邦分公司 尖端出版
台北市中山區民生東路二段一四一號十樓
電話：（〇二）二五〇〇－七六〇〇（代表號）
傳真：（〇二）二五〇〇－一九七九

中彰投以北經銷／楨彥有限公司（含宜花東）
電話：（〇二）八九一九－三三六九
傳真：（〇二）八九一四－五五二四

雲嘉經銷／智豐圖書股份有限公司 嘉義公司
電話：（〇五）二三三－三八五二
傳真：（〇五）二三三－三八六三

南部經銷／智豐圖書股份有限公司 高雄公司
電話：（〇七）三七三－〇〇七九
傳真：（〇七）三七三－〇〇八七

一代匯集／香港九龍旺角塘尾道六十四號龍駒企業大廈十樓B&D室
電話：（八五二）二七八三－八一〇二
傳真：（八五二）二七八二－一五二九

馬新經銷／城邦（馬新）出版集團Cite (M) Sdn. Bhd.
E-mail：cite@cite.com.my

法律顧問／王子文律師 元禾法律事務所
台北市羅斯福路三段三十七號十五樓

二〇二〇年一月一版一刷
二〇二二年三月一版二刷

■中文版■

郵購注意事項：
1.填妥劃撥單資料：帳號：50003021戶名：英屬蓋曼群島商家庭傳媒(股)公司城邦分公司。2.通信欄內註明訂購書名與冊數。3.劃撥金額低於500元，請加附掛號郵資50元。如劃撥日起 10～14日，仍未收到書時，請洽劃撥組。劃撥專線TEL：(03)312-4212 ・ FAX：(03)322-4621。E-mail：marketing@spp.com.tw

國家圖書館出版品預行編目資料

誘捕！不聽話的寵物男孩 / 小杏桃著.
--1版. --臺北市：尖端出版, 2018.08-
冊 ; 公分
ISBN 978-957-10-8663-7(第3冊 : 平裝)

857.7 108009167

翼想本

翼想本